陰陽怪俠

李慧星 著

前言

每一個平凡的人的心中，都住著超級英雄！超級英雄是正義的化身，我可以幫助有困難的人，甚至拯救世人，也在所不惜。既然賦予超能力，我就必須利用這能力來履行救人這神聖的使命！更重要的是，超級英雄是不必做功課的……

這是《陰陽怪俠》裡的故事主人公——洪子俠心裡最大的想望。他是一個平凡的中學生，每天周旋在課業、補習班和考試中，過著壓力千斤重的生活。懦弱的子俠崇拜超級英雄們的強大和正義之心，他們會在危機時刻挺身而出，利用超能力行俠仗義，拯救世界。子俠把現實世界中無法實現的夢想，投射在超級英雄的身上。單純善良的他，十分渴望自己也是超級英雄的一份子，可以拯救他人。同時，他更希望自己擁有超能力，藉以完成他努力想做好卻做不到的事情——考取優異的成績。

在一次偶然的機會下，子俠遇見了一名擁有特殊能力的見習捕妖獵人——漢德。透過漢德，子俠發現原來自己也擁有特殊能力，他因此而開始履行一連串的拯救任務，以完成他所賦予的使命。同時，他還認識了一班同樣擁有特殊能力的「陰陽魔法

師」，和他們一起行俠仗義，為弱者出頭。然而，子俠卻漸漸發現「陰陽魔法師」的「行俠仗義」之舉遠遠超越了他的想像之外，更重要的是，他還發現「陰陽魔法師」竟然隱藏了重大的祕密……

李慧星的全新力作——《陰陽怪俠》雖然以故事主人公洪子俠實現了當超級英雄的願望作為故事主軸，但其實作者是憑藉子俠的內心世界和精神上的逆轉，透過側面的方式對時下社會標榜成績為上的扭曲觀念，造成不斷對孩子施加壓力的現象做出了深刻的探討和反省。作者希望透過這個故事，讓孩子懂得在面對學業壓力時該如何解決問題，也讓家長了解成績和分數絕對不是衡量孩子未來成就的唯一標準。相反的，孩子在學習過程裡的改變、成長、領悟、人格的塑造和良好的心態發展，這一些才是需要密切關注的要素。

在學習的過程裡，我們應當是快樂、自在、投入，並享受其中。真正的學習是快樂的事，並不會有太大的壓力，而人在沒有壓力的情況下會表現得更好。祝福大家，在求學的道路上，學習卸下過多的壓力，輕鬆坦然地踏步向前走。前方的路還很長，只要你沒停下來，即使慢，最後也會到達終點。

1

「嗚……嗚……嗚……」

是誰在哭？

吱——

子俠猛地抓緊煞車杆把急速移動的腳踏車停下，煞車器發出的刺耳聲劃破小巷的寂靜。

他豎起耳朵仔細聽，想確認自己有沒有聽錯。

「嗚……嗚……嗚……」

隱隱約約地，真的有人在哭！

天色已暗。

天空只有時而出現，時而被雲遮蓋的月亮。

誰會在這幾排因建築工程中斷而廢棄數年的店鋪裡，哭得那麼悲傷呢？

子俠循著哭聲的來源，騎在他最新型號的腳踏車上面，腳尖碰地面慢慢地移動。

颼颼……

四周黑漆漆的，只有微弱的月光。

他努力地在一個又一個空洞的店鋪裡找尋。

終於，他看見一個小女孩蹲在走廊上。

雖然女孩向著他，但頭垂得很低，長髮遮蔽，看不見臉孔。

但子俠確定哭聲是她發出來的，因為除了她之外，這裡並沒有第三個人。

「嗚……嗚……」

「小妹妹，你在這裡幹什麼？怎麼不回家？你的爸爸媽媽呢？」

「嗚……我要……回家……」小女孩回答。

但是，她依然保持同樣的姿勢，一動也不動。

「你住在哪兒？哥哥帶你回家好嗎？」子俠心想她應該是附近住宅區裡跑出來玩，天黑看不清回家路的孩子，他想幫她。

小女孩聽了子俠的話，不再抽泣，慢慢地站起來。

子俠看著她，覺得有點兒怪。

因為她還是把頭垂下，而且穿了一件全黑的連衣裙，袖子和裙子很長，長得拖在地上，連鞋子都遮住了。

子俠從來沒見過小女孩有這樣的穿著，那麼長，那麼黑，黑得像黑夜一樣，快要把所有的東西都給吞噬了。

「小妹妹，你住在哪裡啊？」子俠推著腳踏車，小心翼翼地走向她，稍微彎腰把頭偏向右方，想看清楚她的模樣。

小女孩緩緩地向子俠的方向走過來，可是她裙下的腳卻看不出有任何動作，彷彿飄過來那樣。

「喝！你幹什麼？」

突然，一把吆喝的聲音從子俠的背後傳來。

他嚇了一跳，立刻停下腳步，反射性地回頭一看。

一個人影疾步走過來。

子俠看清楚了，那是一個老爺爺，他下巴的鬍子白得像棉花一樣，在月光下特別耀眼。

「你在這裡幹什麼？」老爺爺的眼睛炯炯有神，眉宇之間有一股氣勢。

子俠看傻眼了，若不是老爺爺穿著襯衫長褲，他還以為是古代人跨時空來到現代站在他的面前。

「我……她……她……」子俠當下不知如何反應，他轉頭向小女孩的方向指去

「咦？她呢？剛才明明……」

「你不應該在這裡，快回家吧！」老爺爺直挺挺地站在他的面前，擋住了他的視線。

子俠還真的沒看過那麼挺拔的老人家。

「哦……」子俠看了看手錶，心裡暗叫一聲「糟糕！」

已經快要9點了！

他掏出手機，奇怪媽媽怎麼沒打電話來，這才發覺手機沒電了。子俠奮力踩踏板。

快一點、快一點，拐個彎就到家了！

都怪他剛才補習後，情不自禁地走進書局裡看書，時間不知不覺地溜走了也不知道。

但是，子俠覺得是值得的，那可是他等待已久的《世紀超級英雄聯盟珍藏版專輯》，老闆特意為他保留的。

這個專輯裡有他從小就崇拜的經典英雄：超人、蝙蝠俠、蜘蛛人、神力女超人、綠巨人、鋼鐵人……

這些超級英雄擁有各種超能力，包括超級力氣、超級速度、超級智力、超級耐力、超級感官、超級體能等。

最重要的是，他們有一顆正義之心，每每在危機時刻挺身而出，利用他們的超能力行俠仗義，拯救人類、拯救世界！

「如果我像超級英雄那樣擁有超能力就好了。」因為長得瘦弱，他不只一次在心裡這樣想。

他已經14歲，可是身材卻還像十一、十二歲那樣，而且皮膚白皙，脣紅齒白，臉頰紅嫩，沒穿校服時，很多人都以為他還是小學生，而且是小學女生。

現在，他就想擁有飛行能力，可以在一瞬間回到家，要不然媽媽……

想到這裡，子俠出盡吃奶之力快速踩動踏板。

吱——

子俠隨便把腳踏車停放在院子裡，快步走進屋裡。

想一想

你喜歡超級英雄嗎？「英雄」對你而言，有什麼存在的意義呢？

2

啪！

媽媽用力地把電話蓋上，轉過頭冷冷地看著子俠。

「你終於回來了！我打電話到補習中心，院長說你在7點已經離開，我從8點開始打電話給你，你的手機完全不通……我打了50多通！50多通！你說，你到底去了哪裡？」媽媽板著臉，看得出她在壓抑著怒氣，但是譴責的語氣已經曝露了她的情緒。她從來不會破口大罵，但冷峻的神色已足以令人生畏。

「我……手機忘了充電……」子俠低著頭，雙腳合攏，雙手放在身體兩旁，站得挺直，這是媽媽規定的姿勢。

他的右手緊握一塊手帕。

隨身攜帶手帕是子俠從小的習慣，除了用來抹汗，小小的布塊握在手裡讓他覺得有安全感。

「忘了充電？7點到9點之間，你在哪裡？」媽媽雙手緊緊互握著。

「我……去了書局……」子俠不自覺地把手伸向後面的背包，彷彿想掩蓋一些東西。

要是被媽媽發現就完蛋了！

「書局？」媽媽皺眉。

「考試要到了……想買參考書……復習……」子俠為了捍衛他的「超級英雄」，情急之下撒了一個謊。

「你也知道考試要到了，那就應該爭取時間專心復習，考個讓我安心的成績，就像你的哥哥姐姐那樣。他們年年名列前茅，才可以到美國大學讀熱門科系，保障將來能找到一份高薪的職業。如果你現在還不上進，以後前途就沒了。」媽媽一說起子俠的學業就沒完沒了。

「我知道……」

「你不要光說知道，你要做給我看啊！成績！我要看到成績！」媽媽的聲量開始提高。

子俠的頭垂得更低了。

「還不快去吃晚餐，吃完了進房間溫習。」媽媽向子俠揮了揮手。

「哦……」

子俠就像被法官宣布當庭釋放一樣，他急忙上樓回到自己的房間，小心翼翼地把門上鎖。

嘚！

按下了門鎖，他鬆了一大口氣，還沒放下背包，整個人就癱瘓般倒在床上。

幸好媽媽沒說要看他買的「參考書」！

要不然，事情真的「大條」了。

子俠的媽媽是大學教授。基本上，孩子的學業由她來督促。由於從事學術性的職業，她非常注重孩子的學業，認為只有考獲優良的成績，前途才有保障。

子俠的哥哥和姐姐就是媽媽調教下的成果，他們的好成績得到親戚、朋友及同事的羨慕和讚揚，讓她更覺得自己的觀點是正確的。

因此，子俠順理成章成為下一個目標。

「我所做的一切，都是為了你們好。」

這是媽媽的名句。

爸爸從來沒過問子俠關於課業上的事。

爸爸的學歷不高，只念完小學就出社會工作，後來開了一間修車廠。

爸爸熱愛生活，愛自由，不要求大富大貴，只要生活快樂就夠了。

媽媽總愛挑爸爸的缺點。

每一次被媽媽嘮叨時，他總是嬉皮笑臉地回應媽媽，不承認，也不反駁。

媽媽白了他一眼，不會繼續再說。

她總是說那麼一兩句，但是，那一兩句的殺傷力比核彈更強，有時候，子俠都為爸爸感到難堪。

爸爸真的很喜歡待在修車廠，可能是不太想面對著媽媽吧？

從小，爸爸就喜歡告訴他生活上的小事。

後來漸漸長大了，子俠每一天的時間都被功課和補習塞滿，而爸爸待在修車廠的時間也越來越長。

他很少見到爸爸，有時候甚至幾天都沒碰面，即使大家住在同一屋簷下。

「啊，我的超級英雄！」

子俠跳起身來，深怕壓壞了背包裡的專輯。

「幸好沒事。」他小心翼翼地拿出專輯，在封面上平撫。

封面的圖片以黑作為主題，有一個平凡人的背影，在光的投射下，地上出現了很多個影子。

雖然只是影子，但看得出全是著名的超級英雄。

子俠很喜歡這封面的概念，第一眼看時，他怔住了。

「每一個平凡人的心中，都住著超級英雄！」

這是封面的標題。

「說得太好了！」子俠由衷地感歎。

「如果我也是個超級英雄，那該有多好！」

這個祕密埋藏在他心裡最深處，沒有人知道。

「超級英雄是正義的化身，我可以幫助有困難的人，甚至拯救世人，也在所不惜。既然賦予超能力，我就必須利用這能力來履行救人這神聖的使命！更重要的是，

超級英雄是不必做功課的……」

一想到功課，子俠就洩了氣。

學校的、補習班的，還有媽媽另外買的作業，實在太多了。

他的資質普通，不像哥哥和姐姐。無論如何努力，他的成績只屬於中等水準。

但是，媽媽就是不肯放棄，她認為是子俠不夠用功。

他還不小心聽到，原來媽媽與校長以前是大學同學，靠了一些關係，才讓他能夠進入現在這所中學就讀。

子俠目前念的優秀中學是大家所說的「名校」，錄取學生的條件是：優異的成績或出色的課外活動表現。

他的成績完全與優異掛不上鉤，而課外活動更不用說，運動不行，沒有才藝。

「名校」的競爭很強，個個是精英，子俠唯有苦苦地追，才能讓自己沒「包尾」。

「嗚……嗚……」

咦，這不是剛才那個小女孩的哭聲嗎？

回到家時太緊張，子俠現在才想起剛才在廢棄店鋪那兒發生的事。

子俠靠近窗口仔細聽。

「喵！喵嗚！」

原來只是貓叫聲。

小女孩不知回家了嗎？那個老爺爺應該會帶她回去吧？說真的，他好像沒在這一區裡看過那個小女孩，也沒看過老爺爺。

可能是剛搬來的吧？不過，即使是住了很久的居民，子俠不認得也不出奇，繁重的課業根本沒讓他有時間出外接觸其他事物。

「如果我有超能力，我想要擁有超級智力，那麼媽媽就不會再為我的成績擔心了……」

子俠歎了一口氣，輕輕地合上專輯。

今晚真的是一個特別的夜晚，發生了很多事。

子俠竟然覺得興奮，有點兒期待再次遇上新奇的事。

想一想

如果你是超級英雄，你最希望能給予人類什麼幫助呢？

3

嗶！

75：77。

哨聲還沒結束，籃球迫不及待地從中線跳上半空。

下午的陽光灼熱刺眼。

豹哥背光一躍而起，搶過籃球，傳給隊友，敏捷地甩開三個守衛，像一頭豹般跨步衝到三分線外，接過隊友拋過來的球。豹哥目光如炬，全神貫注盯著有一段距離的籃框，全場觀眾屏息數秒。此刻，敵隊球員臉色如蠟，嘗試做垂死的掙扎，想在最短的時間內奪走豹哥手上的籃球，或站在前方意圖半空攔截。瞬間，175公分的身高縱身飛躍，對準籃框一投……

噗！

嗶！

一個令人振奮的投籃聲結束了今天的比賽，尾隨著的是全場的歡呼聲！

「得分！優秀中學勝出！」

「78比77！」

「僅一分之差，好險！」

「豹哥果然是神射手！一個關鍵的三分球就扳回一城，為我們學校取得勝利！」

「豹哥是我的偶像，我愛死了！」

「我好想幫豹哥擦汗……」

「豹哥好帥！」

「豹哥！豹哥！豹哥！豹哥！」

籃球場邊的女學生開始起鬨，高喊「豹哥」。

豹哥在籃球場邊喝水，絲毫不理會粉絲們的瘋狂舉動。

「嘿，他們在喊你呢！」隊長韓斌脫下濕漉漉的球衣，用手肘頂了豹哥的背一下。

「對啊，回應一下吧！人家那麼熱情！哈哈！」林單也來調侃。

「如果我有那麼多熱情的粉絲的話，肯定高興死了！」中偉向女學生群揮手送飛吻。

「哼。」豹哥高舉礦泉水瓶子，帥氣地把水往嘴裡倒。

「說真的，第一次和你合作，覺得你很有潛力。青蛙真有本事，臨時還找到你來，頂替扭傷腳的烏龜，要不然，我們今天的比賽肯定敗北。」隊長用球衣擦拭身上的汗水，古銅色的皮膚在陽光下閃閃發光。

「是啊，怎麼之前沒看過你打籃球？打得很不錯，有沒有考慮加入我們籃球隊？

你是高幾？哪一班？」林單問。

「我好像看過你……」中偉盯著豹哥的臉，在腦袋裡搜尋記憶片段。

「豹！教練來了，快走！」青蛙匆忙地跑過來。

豹哥把瓶子往他們身後的垃圾桶一丟，轉身就跑。

「啊……我想起來了！豹哥……」中偉指著豹哥的身影。

豹哥漸跑漸遠，還背著向他們揮手。

「他是誰啊？高中哪一班？青蛙，你從哪兒找到他？」林單問。

「我……」青蛙的臉色不對勁兒。

「豹哥只是初中生，不是高中生！而且……她還是個女生！」中偉瞪著青蛙。

「什麼？」大夥兒的眼睛都快掉出來了。

「對！我看過她，不，我在我妹的Facebook裡看過她，她是我妹的同班同學！」

中偉非常肯定。

「青蛙，到底是不是真的？」林單問。

「我……烏龜那麼不巧在比賽前一天扭傷腳……而幾個後備球員的球技還不足於下場。烏龜的前鋒位置，不是說隨便找一個人就可以頂替……」青蛙吞吞吐吐。

「然後，你這個籃球隊總務就……」林單懊惱得很。

「噓——別說了。」中偉向林單打眼色。

「隊長，你過來一下！」教練臉色鐵青地走過來。

「是。」隊長跟著教練走到一角。

「怎麼辦？教練是不是知道了？」青蛙驚慌。

「這一下，我們學校男籃的一世英名，被你徹底毀滅了！」中偉抱頭低嚎。

「充滿英氣、雄赳赳的男籃，竟然混進了一名女生，而且，讓我們比賽獲勝的一球，還是由她投進的……這叫我們情何以堪啊？」林單猛捶胸部。

「你們看，隊長一句話也沒說，只是一昧點頭……慘了、慘了，一定是被罵得狗血淋頭！」

「教練的臉黑得像木炭！」

「我們完蛋了！」

大家戰戰兢兢地猜測教練與隊長的談話。

「隊長回來了，問問他情況如何！」

教練則往另一個方向走去。

「隊長，怎麼樣？」中偉問。

「剛才比賽結束後，在場的老師告訴教練豹哥的真正身分。」隊長說「教練不是我們學校的老師，所以他並不知情。」

「結果呢？你被罵慘了吧？」林單緊張地問道。

「教練會帶著我親自向傑出中學男籃道歉。」隊長輕描淡寫。

「隊長……」青蛙很內疚。

「你從哪兒找來的？」隊長問青蛙。

「豹哥和我同一所小學，我知道她的籃球打得好，後來發現她今年也進來這裡當插班生……她打扮得像男生，穿起球衣短褲更看不出是女生，我以為沒人會發覺……」青蛙準備挨罵。

「是這樣哦……」

「隊長，對不起！」青蛙深深一鞠躬。

「沒事。」隊長拍拍青蛙的肩膀，轉身去收拾自己的東西。

「可是，連累你和教練……」青蛙追上去。

「豹哥……有意思。」隊長喃喃自語。

想一想

為什麼韓斌覺得豹哥是個有意思的人呢？

4

今天學校的氣氛好像不太一樣。

從子俠一踏入校園開始，他就感覺到同學們都處於一種亢奮的狀態。

「發生什麼事了？我錯過了什麼嗎？」他也覺得好奇。

「唉……即使天大的事，都沒有我的份，除了功課和考試……」

他如往常一般，無聲無息地走進教室。

他太不起眼了，沒有人會注意到他的存在。

「大新聞！大新聞！」一名戴眼鏡的男生衝進教室裡，差點兒撞到子俠。

「紫霞妹妹，你差點兒撞到我了！」狗仔豪誇張地叫嚷。

「哈哈哈哈……」全班一陣爆笑。

他們就是喜歡叫子俠作「紫霞」，說這名字比較適合他。

即使子俠不喜歡這綽號，他也不敢反駁。

如果反駁的話，他們會鬧得更大。

「什麼大新聞？」

班上幾個聚在一起討論著功課的資優生對狗仔豪的喧鬧有點兒不高興。

「昨天下午……你們有沒有看？」狗仔豪大口喘氣，他的性格就像狗仔隊那樣，喜歡打聽八卦。

「昨天下午？我們的男籃與鄰校的友誼賽？」

「對、對、對！」狗仔豪用力點頭。

「我不會浪費時間看這種和我一點關係都沒有的比賽。」高才聖不再理會狗仔豪，繼續埋頭在還沒解開的數學題裡。

高才聖是名副其實的高材生，每一個科目都考最高分，成績超優異，還當上了初中二第一班的班長。

子俠多希望他有高才聖一半的聰明就好了。

「昨天的籃球賽和你有關係。不，應該是和我們班上的每一個人都有關係！」狗仔豪說。

「哦？」有人開始好奇了。

「你們知道嗎？昨天的男籃友誼賽，我們班上的其中一個同學也參加了，而且，致勝的一球，還是她投進的咧！」狗仔豪還在回味昨天的賽事。

「有這樣的事？是哪個同學啊？我們班上的男生，個個都專注在課業上，好像沒察覺有籃球打得特別好的。」大家都在猜測是誰。

「哈哈，你們抓破頭皮也猜不到，因為是她，不是他！」狗仔豪得意地笑。

「什麼是他不是他的？你說清楚一點。」

「對啊，亂七八糟，不知道在說什麼！」

「我說，她……就是豹哥！」狗仔豪更得意了。

「豹哥？藍寶兒？」有人指著豹哥的位子問道。

「沒錯！就是藍寶兒！」狗仔豪回答。

「藍寶兒……是女生，昨天的比賽，是男籃……」

「藍寶兒是臨時被拉進比賽以頂替受傷的前鋒，她真的『好樣的』，打出讓人驚訝的水準，表現完全不輸給男生。在籃球場上，她就像一頭獵豹那樣，無人可阻擋，而且頻頻取分，鋒芒畢露……雖然現在性別被揭發了，但是她已經紅了，不單是我們學校，方圓五百里的中學生都知道『豹哥』這一號人物……我看啊，Facebook上一傳十，十傳萬，沒一下子，豹哥就成了超級大明……」

「夠了！」

大家靜了下來，狗仔豪更是硬生生把「星」給吞下去，看著高才聖，不敢作聲。氣氛有些僵硬。

「現在是要討論數學或籃球？」高才聖的語氣很冷。

「豹哥她真的很厲害，昨天我看到她的那一招……」有人還在竊竊私語。

「哼，不男不女的，有什麼厲害？」高才聖無情地嘲諷。

「不男不女？哈哈哈哈……」

「她的身上真的沒一個部位像女生，頭髮比我們男生更短……」

「她穿起校裙，更像怪胎！」

「搞不好，她真的是男扮女裝咧！嘻嘻……」

男生們應著高才聖的話，開始起鬨。

班上的幾個女生聽見了，都為豹哥感到憤憤不平，卻只能乾瞪眼，因為她們都不想得罪這一班驕傲自大的資優生，尤其是為首的高才聖。

初中二一班陽盛陰衰，名列前茅的大多是男生。他們在各項學術比賽也為班級奪下不少獎項，老師們對他們疼愛有加。

除了一個女生能與他們競爭，那就是藍寶兒。

「太過分了！」

一把憤怒、顫抖的聲音傳入大家的耳朵裡。

喧鬧聲立刻停止，大家循著聲音的來源望過去。

「紫霞妹妹？」

子俠也不敢相信，剛才的那一句話是從他的口中說出來的。

頓時，他成了眾人的焦點。

雖然他的嘴唇還在微微顫抖，手心冒汗，臉頰因為激動而顯得紅通通的，但他的內心背負著正義的使命，絕對不能讓他們繼續羞辱豹哥。

他還發現，他竟然激動得站了起來。

但是，現在該怎麼辦？大家好像在等著他繼續發言。

他緊握著手帕，越抓越緊。

「什麼過分了？」高才聖不屑地看著子俠。

「人……人家愛做怎麼樣的裝扮，是她的自由，你……你們……怎麼可以以性別……做……做人身攻擊？」子俠在眾目睽睽之下，剛才的勇氣瞬間消失，越說越小聲。

「你那麼維護她……你和她有什麼關係？」高才聖像玩弄獵物般。

「對啊，難道你和她有不尋常的關係？」其他的男生覺得子俠沒什麼殺傷力，也跟著調侃。

「女朋友？」

「兄弟？或是姐妹？」

「哈哈哈……哈哈哈……」

又是一陣爆笑。

「我……我……」子俠完全被埋沒在爆笑聲中，越來越渺小，只好默默地坐下。

在教室外。

正走向初中二一班的班主任看見藍寶兒吊兒郎當地倚在轉角的牆上，沒進去教室。

「藍寶兒，上課了，為什麼不進去？」班主任問。

寶兒笑了笑，與班主任一起走進教室，她比嬌小的班主任還高半個頭呢。

「太早進去，就沒好戲看了！」

寶兒的嘴角微微上揚。

想一想

為什麼藍寶兒要一直待在班外看「好戲」呢？

5

英語老師沒來，初中二一班這一節自習。

「藍寶兒！」

坐在教室最後面的寶兒聞聲抬起頭，用下巴向喚她名字的高才聖詢問：幹嘛？

「Mr. Chong說，你的數學考試分數，和我一樣滿分……」高才聖坐在桌上，慢條斯理地說。

從這個角度來看，最能把寶兒的表情看清楚。

寶兒把腳翹起來，像個男生那樣，開始晃動。

她的興致來了，想看看這驕傲自大的資優生葫蘆裡在賣什麼藥。

她仰起下巴看著高才聖，表情寫著：那又怎樣？

「Mr. Chong還說，最低分的只有20分……你知道是誰嗎？」高才聖繼續說，「在資優班考20分，應該是前所未有的事情吧？」

其他的同學聽見了，紛紛緊張地問高才聖，大家都擔心自己是那個最低分數者。

「是誰啊？最低分是誰？」

「不會是我吧？」

「有可能是我呢！我覺得我考得超爛！這一次完蛋了！」

一些沒信心的同學發出哀嚎聲。

這時候，子俠的心裡有一種不祥的預感。

寶兒始終不發一言。

「你的數學那麼強，應該教一教那個最低分的同學，別讓他每一次都墊底，把我們班的平均分數都拉低了，對嗎？」高才聖說。

「高才聖，為什麼不是由你來教？你也拿滿分啊！」狗仔豪問。

「我？不行，必須由藍寶兒親自教才合情合理。」高才聖話中有話。

「為什麼呢？」狗仔豪更好奇了。

「因為啊……他可是藍寶兒的……女朋友。」高才聖的語氣充滿了嘲弄。

「女朋友？藍寶兒的女朋友？藍寶兒，女生，女朋友？」狗仔豪東張西望，希望從其他同學的臉上找到一點線索。

但是，大家都搖頭表示不知道。

狗仔豪看著高才聖，只見他用充滿嘲弄的眼神斜眼望向低著頭的子俠。

「是紫霞妹妹？」

「女朋友？」

「這是什麼關係啊？」

大家在竊竊私語，子俠的頭垂得更低了，他恨不得可以鑽進桌子的抽屜裡。

「對哦，上一次洪子俠那麼維護藍寶兒，如果說沒有『親密』的關係，誰會相信啊？嘻嘻……」狗仔豪為了討好高才聖，竟然落井下石。

班上的男生附和地發出怪叫聲。

高才聖見他成功地煽動了大夥兒給寶兒難堪，不禁得意地竊笑。

他就是嫉妒寶兒成績好，連運動都比男生強，這叫他們男生的臉往哪兒擺？

啪！

椅子倒下發出巨響，大家都被嚇了一跳。

寶兒忽地站了起來，大步走向高才聖。

「啊！」

大家沒意料寶兒的反應如此大。

挑釁挑出火了，接下來，她會一拳打在高才聖的臉上吧？

大家屏息等待一顆被點燃的炸彈即將大爆炸。

高才聖也沒料到距離他2公尺的寶兒在2秒鐘後就站在他的面前，而且兩張臉的距離只有3公分。

寶兒一腳抬高架在高才聖旁邊的椅子上，凶狠的眼神直視高才聖。

「他是我的，你再惹他，你會後悔！」寶兒的口中吐出十二個字，一個字一個字地。

「喀喀……哼……」高才聖當下反應不過來，想要以不屑來掩飾他的尷尬。

「哼！」寶兒白了他一眼，轉身走開。

「高才聖，她和你說了什麼？快告訴我們。」狗仔豪立刻湊上前問。

「哼……嗯……」高才聖不想理會狗仔豪，他沒料到會被將了一軍，很不服氣，大聲說「好啊，要我放過他，除非你接受我的挑戰！」

「下一次的數學考試，不管你用什麼方法，洪子俠至少要考上60分！」

寶兒回到她的位子，帥氣地用單手提起椅子擺好，完全沒理會高才聖的話。

「怎麼樣？敢不敢？」高才聖見寶兒沒反應，繼續挑釁。

「能不能不要把我捲入這場『戰爭』裡？」他心裡默默哀嚎。

子俠猛地抬起頭，一臉愕然。

「80分。」寶兒說。

「什麼？」高才聖不明白。

「他至少會得到80分。」寶兒伸直手臂指著子俠。

「哇，那麼囂張！」眾人再次震驚。

「一言為定！」高才聖也震撼於寶兒的自信與氣勢，但故作鎮定。

「他辦到了，你要履行承諾，還要在Facebook裡公開向他道歉。」寶兒的食指轉向高才聖。

「有80分再說吧！哼！」高才聖看子俠的眼神裡充滿輕視。

子俠目瞪口呆地看著這一切在他面前發生。

「我的命運什麼時候被這兩個同學主宰了？」

他的嘴張得老大，望著寶兒。

寶兒一邊的嘴角向上揚，還迅速地向他眨了眼睛。

這一刻，子俠心裡只有千千萬萬個懊悔。

「我不應該多事，不應該為她辯護，現在搞得自己惹禍上身。怎麼辦？啊啊啊……」

想一想

假設你是子俠，突然被捲進藍寶兒和高才聖之間的「戰爭」裡，你會怎麼應對？

6

三天了。

自從寶兒接下「戰書」後，她至今完全沒行動。

當子俠看著她，希望她能給他一些提示時，她只是以似笑非笑的表情回應他焦急的眼神。

高才聖偶爾向他投來窺探的眼神，但什麼都沒說。

明天開始，學校就放假三個星期了。

老師說，假期後回來會有考試。

在資優班，功課多，考試也比普通班多。

「藍寶兒到底想怎樣啊？我們是不是該談一談呢？」

子俠心裡在納悶。

「放學後，要找她談，叫她不如認輸吧，我是不可能考到80分的……」

鈴——

放學了。

寶兒像一頭獵豹似的，拿起書包就衝出教室。

「這……唉，算了吧！」子俠只能目送她離開。

他收拾好書包，垂頭喪氣地騎著腳踏車回家。

回到家裡，把腳踏車停放在院子後，他伸手進書包裡掏鑰匙。

「噓！」

「哇！」

「快開門，你很慢。」藍寶兒嚼著口香糖走進來，斜坐在子俠的腳踏車上。

「藍寶兒……你……怎麼會出現在我家？」

「叫我豹哥。」

「豹哥……你的衣服……」

寶兒身上穿著T-Shirt和及膝褲子，完全男性化的打扮。

「校裙，醜斃！」寶兒拍拍她的包包。

她的包包裡每一天都放了一套便服，一放學就換上。

「開門，進去講。」

「哦……」子俠乖乖地聽寶兒的話。

不知道為什麼，他覺得寶兒有一種很強的控制力量，就像一個天生的領導者，他會不由自主地聽從她的指示。

「子俠，有客人？」

「媽！」子俠忘了媽媽今天沒上課，嚇得鑰匙差點兒掉在地上。

他從來沒試過帶朋友回家。

「你的同學？」媽媽放下書，由頭到腳打量寶兒。

「她……」

「阿姨，我叫豹哥，子俠的同班同學。」

「沒想到豹哥對長輩還蠻有禮貌的哦。」子俠心裡想。

他極擔心媽媽會請她回家去。

「豹哥……」媽媽微微皺眉，心想現在的男生都愛取一些怪怪的外號「你今天來是……」

她不願意子俠浪費時間與同學交流。

「幫子俠補習數學。」寶兒的回答都很簡短。

「媽，豹哥的數學很強，幾乎每一次考試都得滿分……」子俠趕緊幫腔。

「哦？」媽媽一聽見「滿分」，眼睛一亮，眉頭也不皺了，「那很好啊，子俠的數學很弱，就拜託你把解題的竅門教一教他。」

「嗯。」

「子俠，豹哥特地來給你補習，請你專心一點，好好向他學習，爭氣一點，考個滿分給我看。人家做得到，為什麼你做不到？」

「我會盡力的……」子俠慣性地把雙手垂放在身體兩側。

「不要說盡力，是一定要做到。」

「是……」

「洪子俠，房間在樓上？」寶兒打斷他們的談話。

「是，在樓上……」子俠看看寶兒，再看看媽媽，擔心她會不高興訓話被打斷。

「上去吧！」幸好媽媽沒責怪。

寶兒打個眼色，子俠急忙帶路上樓去。

「豹哥，幸好你出口相助，要不然媽媽不知道還要……」子俠說到一半，突然意識到他與寶兒不是很熟絡，不應該告訴她太多私事。

「你媽只注重成績。」寶兒的觀察力與分析力不錯。

「她只說幾句話，你都看得出？」

「嗯。」寶兒在翻看書架上的書籍。

「是，她只看成績……」子俠一屁股坐在地毯上。

「這些是……你看的書？」寶兒指著書架上好幾排的詞典、百科全書、各科目參考書……幾乎每一本都有磚頭那麼厚。

「呃……」

「你的生活就那麼無趣？」

「你的家裡也不少吧？要不然你的成績怎麼會那麼好？」

「哼！一本都沒有。」

「一本都沒有，成績卻可以那麼好，怎麼可能？」子俠難以置信。

「我怎麼知道？考卷問什麼，腦裡有什麼，就答什麼。成績？我不在乎。」

「天啊，怎麼會有這樣的人？難道她有過目不忘的超能力？或是和超人一樣擁有超級智力？」子俠心裡想。

「沒看頭。」寶兒放棄在書架裡搜尋。

「等一下。」子俠從床底拉出一個箱子，裡面裝滿了小學的書籍。

寶兒納悶。

子俠把箱子裡上部分的書拿出來，然後小心翼翼地捧出他的寶貝。

「看！」子俠向寶兒展示他的超級英雄珍藏品，包括《世紀超級英雄聯盟珍藏版專輯》。

「哦？」寶兒這才眼前一亮。

子俠看著寶兒津津有味地翻閱他的寶貝，覺得開心。

他覺得自己和寶兒的關係更接近了，因為寶兒知道了他的祕密。

「你的偶像？」

「嗯。」子俠用力點頭。

「正義的化身……你也有這種特質。」寶兒心裡感激他為她而頂撞高才聖。

「啊……你說真的？」子俠太感動了，因為有人竟然認同他。有了這句話，他惹禍上身也覺得值得。

「言歸正傳，從今天起，我會來教你數學。」

「好啊！」子俠的反應有點兒大。

「哦？」寶兒不解。

「我的意思是，有你幫忙，我們才能打敗高才聖！」下一秒，他就洩氣了，「可是，80分……」

「你認為我會輸？」

「不是、不是……我只是對自己沒信心。」

「你對自己沒信心，就是對我沒信心。總之，我要你怎麼做，你就怎麼做。」寶兒白了他一眼。

「是、是……」

他怎麼可以質疑寶兒的能力，她可是有超級智力呢！

但是，子俠沒道破，因為超級英雄都很低調，會極力隱藏自己的身分，他明白的。

✦想一想✦

為什麼藍寶兒願意幫助子俠考取更好的數學成績呢？

7

天有不測之風雲。

子俠的爺爺因病逝世了。

爸爸和媽媽帶著他連夜奔喪。

到了爺爺的家，媽媽忙著與其他親戚張羅喪事，而爸爸悲慟不已。很多時候，爸爸只是默默地看著爺爺的遺照，撫摸著老爺的頭，一聲不發。

老爺是爺爺養的狗，牠現在已經是高齡老狗了，整輩子就陪伴著爺爺生活。爺爺常對老爺說，「老爺、老爺，我這個老爺子，還要叫你老爺，你的面子可真大哦！」

現在爺爺走了，老爺似乎知道發生什麼事，牠不吵不鬧，和爸爸一起靜靜地守在主人的靈柩旁。

爸爸的性格遺傳自爺爺，都是不喜歡拘束、熱愛生活的人。

爸爸覺得這世界上，只有爺爺懂得他，認同他的人生觀。

因此，爸爸與爺爺的感情非常深厚。爺爺的離去，對爸爸來說是很大的打擊。

子俠也很喜歡爺爺，因為爺爺與爸爸一樣，都不會過問他學業上的成績，更別說要他考第一名。

爺爺的靈柩明天就要下葬了。

這天晚上，爸爸的情緒更顯悲慟，幾天下來，他迅速地憔悴並消瘦。到了半夜，大家都睡著了，只剩下爸爸一個人和老爺在守靈，靈堂就在房子的前廳。

老爺依然趴在地上，子俠很少看見牠站起身。有時候，他會想：老爺會不會也隨著主人去另一個世界了？後來見到牠的耳朵動了一下，他才放心。

子俠不想睡，他也很傷心，更不懂得如何安慰爸爸，只好陪伴在他的身旁，希望可以分擔他的悲傷。

輕煙裊裊，佛經幽幽，彌漫整個靈堂。

子俠發現爸爸的肩膀一下又一下地在抽動。

這一晚，爸爸終於忍不住，幾天壓抑下來的情緒爆發了，他在低泣。

老爺的耳朵豎起，牠也察覺了，不久又恢復原本的樣子，繼續哀悼牠的主人。

已經是午夜12點了。

突然，一陣冷風刮過子俠，他一個哆嗦，覺得有尿意。

他站起身來走到房子的後面上廁所。

廁所建在房子的最尾端，那是一個露天的後院，子俠需要走一段路才到達廁所。

鄉下的房子很長，鄉下人為了省電，裝的都是燈泡，感覺整個氣氛陰森森的，很不舒服。

廁所裡一樣是用黃燈泡，但是，子俠按下開關，發現燈泡沒亮，重複了幾次，還是沒亮。

「怎麼搞的？黑漆漆，怎樣上啊？」

但尿意越來越強了，他只好硬著頭皮進去。

幸好他白天時上過幾次，關上門後，大約知道馬桶、水桶、水龍頭、衛生紙等的位置。

他背著門，開始「辦事」。

廁所裡靜悄悄，一片漆黑，只有他「辦事」所發出的聲音。

但是，子俠感覺到黑暗裡好像隱藏了很多眼睛，鬼祟地注視著他的一舉一動。

「嘿，洪子俠，別亂想，誰要看你上廁所啊？」

偶爾，他還聽見外面傳來的風聲，把鬆動的廁所門吹得砰砰聲響。

他感覺有點兒害怕，於是便加快速度。

從廁所出來後，他繼續走走撞撞地回到靈堂，看見爸爸在躺椅上睡著了。

子俠心疼爸爸，他這幾天幾乎都沒閉上眼睛，即使現在睡了，也是皺著眉頭。

他輕手輕腳地走到另一邊坐著，靜靜地守候著爸爸。

不知道為什麼，今晚的空氣特別冷，一陣陣的冷風呼呼地吹，屋外的枝椏不停地拍打著屋頂，發出嘎吱、嘎吱的聲音。

時間一分一秒地過去了。

子俠也忍不住睡意，眼皮越來越重，他便側著頭靠著椅背，換個舒服一點兒的姿勢。

突然，一陣低嗚聲傳進他的耳朵裡，聽起來好像是人在哭的聲音，讓人覺得毛骨悚然。

「嗚——嗚——嗚——」

他睜開眼一看，發現老爺反常地站起來，站得筆挺的，還不停地向著睡著的爸爸搖尾巴。

他不太相信低嗚聲就是老爺發出來的，因為聲音充滿了悲傷，而牠只是一隻狗，怎麼會有人的情緒？

為什麼老爺有那麼怪異的反應？

難道……

子俠向爸爸望去。

啊！

子俠差點兒叫了出來。

老爺不是向著爸爸低嗚搖尾巴，而是向爸爸後面的一個人影……爺爺！

在搖曳的燭光照射下，爺爺站在躺椅旁邊，伸出手，一下又一下地輕撫爸爸的

頭，就像一個父親憐愛地撫摸他年幼的孩子那樣，充滿了愛，還有濃濃的……不捨。

「阿雄啊，你別太傷心，阿爸會走得不安心的……你還有小俠他們要照顧……」

爸爸皺著的眉頭漸漸地舒展，可是，眼角卻流下了兩行淚水。

子俠看得目瞪口呆，完全來不及做出任何反應。

他保持原本的姿勢，不敢動彈，怕驚動了老爺、爸爸，還有……爺爺。

時間慢慢地溜走，因為太睏，子俠竟然不知不覺地睡著了。

第二天早上他才知道，原來一個人在極度恐懼的時候，還是會睡著的，這可是新發現呢。

慢著，睡著了，這表示接下來的事，子俠都不知道了。

爸爸有沒有醒來？爺爺有沒有去看看自己的遺體？有沒有吃掉桌上的祭品？有沒有……過來輕撫他的頭？

後來的事情，他什麼都不知道，甚至不敢肯定昨晚看見的是真實或是夢。

他向躺椅那兒望去，發覺爸爸已經醒了，站在靈堂前怔怔地看著爺爺的遺照。

越來越多人在房子裡進出，大家開始為今天的出殯忙碌。

滴滴嘀嘀——滴滴滴滴——

子俠還在發怔時，他的手機響了。

「喂？」

「洪子俠，開門。」

「開門？」

「補習，數學。」

「哦……豹哥！」

「哼。」

「你現在在我家門口？」

「哼。」

子俠可以想像寶兒在翻白眼。

「豹哥，我不在家咧，我爺爺去世了，我們現在在家鄉。我不知道你今天會來……」

寶兒總是按照自己的心情行事，讓人無法意料。

「嗯。」

「那我回去後再聯絡你……」

嘟——

寶兒已經把電話掛斷。

「她是不是生氣了？」子俠心裡覺得不安。

寶兒是他唯一一個談得來的朋友，他不想有任何事情破壞他們之間的感情。

「唉，洪子俠，你的腦袋就不能靈活一點嗎？明知道豹哥隨時會來，就不會先通知她你沒在家嗎？你總是把事情搞砸，又不會說話，如果你聰明一點的話，就會有很多朋友了……」

子俠趕緊按手機進入聯絡簿裡，裡面的名單有：爸爸、媽媽、哥哥、姐姐、補習老師、補習中心院長，還有一些從來沒聯絡過的朋友……一共不到20個聯絡人。

現在，他多加了一個聯絡人。

想一想

子俠的爺爺和爸爸有什麼共同點？子俠喜歡他們嗎？

8

爺爺入土為安後，隔天爸爸就載大家回家了。

一路上，爸爸和媽媽完全沒交談，子俠感覺氣壓低，也不敢發出聲音。

回到家後，爸爸把車子停在屋外，讓他們把行李拿下車。

爸爸一直坐在司機位上，雙手緊握方向盤，眼睛盯著前方。

媽媽拿下最後一袋行李時，爸爸開口了「這幾天，我會住在修車廠。」

「你喜歡。」媽媽冷漠地回應，頭也不回地進屋裡去了。

「爸……」

「小俠，好好照顧自己……」爸爸硬擠出笑容，但卻是苦澀的。

「我……」他想告訴爸爸看見爺爺回來的事。

「進去吧。」爸爸摸摸他的頭，開車離去。

子俠目送爸爸離開，默默地回房間去。

他還有重要的事要處理。

嘟嘟——嘟嘟——

「講。」

「喂，是豹哥嗎？」

「嗯，講。」寶兒的說話方式就是這樣簡短不囉嗦，不習慣的話會讓人難以適從。

「豹哥，我已經回到家了……」子俠不敢怠慢，一回到家就立刻通知寶兒，他不曉得她還有沒有生氣。

「十五分鐘。」

「啊？什麼十五分鐘？」

嘟——

「喂、喂？」

電話掛斷了。

「豹哥說十五分鐘？什麼意思？」子俠不斷地猜測寶兒的話，他真希望自己可以有讀心術，那麼就可以知道寶兒在講什麼。

子俠坐在床上發怔，不斷地想，手心竟然微微冒汗，他太在意寶兒的反應了。

「到底是什麼十五分鐘啊？」子俠真的擔心因為他的不明白而激怒寶兒。

叩叩！

咦？有人在敲門。

子俠回過神來，趕緊去開門。

「豹哥！」

「嗯。」寶兒就站在房門外。

「你……十五分鐘……」

「時間剛好。」寶兒看著手錶，接著一手把子俠推去旁邊，逕自走入房裡，帥氣地坐在地上。

「哦，我明白了！你是說十五分鐘後到我家！」

寶兒皺眉閉著雙眼數秒，深呼吸，心裡想：這傢伙怎麼那麼鈍啊？

「別生氣、別生氣！」子俠感覺到氣氛不對勁，之前沒通知寶兒就回家鄉，已經犯下重罪，現在又添加新罪狀，他可慌了，「不然我告訴你一件怪事，讓你消消氣。」

「講。」

「前天晚上，我和爸爸，還有老爺在靈堂守夜……啊，老爺是爺爺養的一隻老狗，牠已經很老、很老了，以人類的年齡來計算的話，應該有六十多歲……」

「講重點。」

「是、是。時間應該是半夜十二點左右，突然吹來一陣怪風，我覺得有尿意，於是便上廁所去……」子俠很賣力地描述前晚的事，為了取悅寶兒。

他也不知道為何那麼在意寶兒的情緒，可能只有寶兒肯聽他說話吧，雖然她的態度一點兒都不友善，但是他就是喜歡和她談天。

算是談天嗎？其實只有他一個人在說話，她只是說幾個字而已。

「豹哥，你相信爺爺真的出現嗎？」子俠期待寶兒的看法。

「不知道。」寶兒聳了聳肩，不置可否，翻看著子俠珍藏的超級英雄畫集。

「當時我真的很害怕，爺爺他就站在爸爸的旁邊，他的模樣啊，除了比較模糊一些，就和以往我看見他一樣，穿著他最喜愛的格子襯衫，爸爸送給他的……我應該沒眼花吧？」

「不知道。」

「聽說人死後會回來看看自己的親人，和最愛的人道別，是不是真的啊？」

「不知道。」

「那個是不是叫做……回魂夜？」

「不知道。」

「老爺站了起來，而且還嗚嗚地低泣，牠是不是和我一樣，也看到了爺爺？」

「不知道。」

「爺爺他會不會來找我……」

啪！

寶兒用力合上畫集，皺眉閉著雙眼數秒，深呼吸。

子俠立刻噤聲。

「鎮裡的小叢林有一座廟，去拜拜，求心安。」一字一字從寶兒口中說出來。

「啊？廟？」

「數學。」

「是，數學、數學，80分、80分！」

他突然變得聰明，立刻把數學課本拿出來，不敢再說其他的。

寶兒心裡想：不隨便找個話題打斷他的話，肯定沒完沒了。男生怎麼比女生還迷信鬼神？煩！

想一想

從子俠和寶兒的對話中來看，誰比較迷信鬼神？為什麼？

9

微風輕輕地吹拂樹上的葉子，發出沙沙聲。

幽幽小徑，鋪滿枯葉，踩下去時發出清脆的聲音。

「應該是這裡吧？」

子俠一步一步地走在小徑上，東張西望。

原來這裡的環境那麼清幽，很適合廟宇的氛圍，如果說有世外高人住在這裡，他也不會懷疑。

他從來都沒機會到處溜達，更別說來到這種較偏僻的地方。

如果不是寶兒告訴他，他也不知道鎮裡竟然有這一處所在。

子俠小心翼翼地踩在枯葉上，深怕動作太大，破壞了這裡的寧靜。

「咕咕咕咕——咕咕咕咕——」

「什麼聲音？好像是貓頭鷹的叫聲……可是，貓頭鷹白天裡不是在睡覺嗎？」

子俠聽到怪聲，有點兒害怕。

「咕咕咕咕——咕咕咕咕——」

「好像很恐怖，不如回家吧！」

他開始打退堂鼓，腳步也停下來了。

啪！

突然，他感覺有東西擊中他的頭。

那東西掉在地上，原來是一根小樹枝。

子俠心跳加速，覺得更加害怕了。他怔怔地看著地上的那根樹枝，甚至不敢隨便張望，怕看到不應該看到的東西。

「是不是爺爺知道我要去拜神求心安，所以生氣得拿樹枝來丟我？」

他感覺到手心在冒汗，繼續保持不動，心裡在想著：倒數三二一，立刻轉身跑回家！

「三、二……」

「哈哈哈！」

突然傳來一陣爆笑聲。

「啊？」子俠吃了一驚，往笑聲的來源一看，只見樹上有一個人影，他只看到身體，那人的臉被樹葉遮住了。

樹上人坐在樹幹上，身上穿著背心，長長的雙腳穿著及膝短褲，腳丫子沒穿鞋，在樹上晃啊晃的。

「你……是誰？」

「你是誰？」樹上人反問。

「我……你先回答我！」子俠不知道哪來的膽子。

「哈，你闖進我的地盤，還敢對我大聲說話？快說，你來這裡幹嘛？」

樹上人並不友善，子俠心想也對，是他擅自闖入人家的地方，他應該要有禮貌。

「對不起，我來這裡是想找一座廟，可是走了很久都沒看到……」

「找廟？找廟幹嘛？難道你做了虧心事，想要向神明懺悔？」樹上人的腳繼續晃，偶爾微風輕拂樹葉，他的臉孔在葉縫間若隱若現，十分神祕。

難道子俠遇到了仙人？

「不是的，我是遇到了一件怪事，心裡覺得不舒服，想要求神明指點迷津……」子俠努力想看清楚樹上人的樣子。

「怪事？」

嗖！

樹上人從天而降。

原來是一個少年，頭髮散亂，比子俠高出一個頭。

「什麼怪事？」少年很好奇，向子俠走過去。

「你……」少年突然跳下來就要靠近他，子俠措手不及，立刻後退幾步。

「哦，不好意思。OK，我叫漢德。你要找的那座廟，我爸爸是廟的廟祝，我從小就和爸爸住在廟裡，處理有關廟的大小事。基本上，你可以把怪事告訴我，看看我能不能幫到你。」漢德邊說，邊走向樹下穿上他的人字拖鞋。

「你的家是廟？你的爸爸是廟祝，廟祝是不是像少林寺那種方丈？有其他門派的高手來挑戰時，指定要單挑地位最崇高的大師父？」子俠從來不知道有人把廟當作家，他立刻聯想到武俠故事裡的情節。

漢德看著他。

「哈哈哈哈哈……哈哈哈哈哈……」又是一陣爆笑。

子俠覺得他一定是說錯話了，覺得很丟臉，臉一下子就紅了起來。

「OK，小弟弟，你的想像力太豐富了。」漢德看到他的反應，不忍心繼續嘲笑，「廟的前面部分是神壇，後面部分是普通的住家，爸爸為了方便打理廟的事務，所以帶著我一起住在那兒。我爸沒有剃光頭髮，也沒有穿袈裟，更不會輕功水上漂，他只是一個普通人。」

「哦……」子俠這才明白，他為自己的孤陋寡聞感到羞愧。

「你剛才說的怪事……」

「唔……」

「OK，我和我爸打理神廟那麼久，懂得不少玄學的東西，絕對有資格解答你的問題！」漢德仰起頭，用力拍胸膛。

「我是真的遇到了怪事啦，在我爺爺家……」子俠把那天的事告訴漢德。

兩人從站著聊到坐在草地上，子俠學漢德那樣，把鞋子都脫了。

漢德聽完後，靜靜地沒說話，低頭望著草地上的螞蟻。

「你不相信？」子俠想知道他的看法。

「嗯……」漢德慢慢地說道，「我懷疑……」

「唉，我就知道你會懷疑我說的話，你一定是認為我在編故事，對嗎？其實我也懷疑自己是不是真的看到爺爺回來，搞不好我只是在作夢……」

「OK，你先聽我說好嗎？我懷疑你有超級視力。」

「啊？你說什麼？超級視力？」

「對，超級視力。」漢德用微屈的食指與中指指了指自己的眼睛，再反過來指向子俠的雙眼。

「你是說像超人的眼睛那樣有X光透視能力、望遠能力、顯微視力、電磁波譜視力、熱能觀察力？」

「看不出哦，你的樣子呆呆的，但是對我的偶像很有研究呢！」漢德對子俠刮目相看。

「你也是超級英雄的忠實粉絲？」子俠的眼睛發亮。

「當然！」

「太令人感動了！」子俠不由自主地抓著漢德的雙臂。

「喂，冷靜一點！」

「對不起、對不起。」子俠發覺自己失態了，趕快鬆開手，「對了，剛才你說我有超級視力……」

「OK，是超級視力沒錯，但又不像超人的那樣。我懷疑，你甚至擁有超人所沒有的超能力！」漢德的眼神堅定。

「不是吧？」漢德的一番話，聽得子俠血脈賁張，他用右手按著心臟的位置，不讓自己太激動。

「你擁有的是……看見靈異物體的能力！」漢德壓低聲量，湊近子俠的臉。

「啊！」子俠被他嚇得身體往後傾，「靈異物體？那不就是……『阿飄』？」

漢德意味深長地看了他幾秒，然後緩緩地點頭。

「怎麼可能？」

「那天晚上你看到誰？」

「爺爺。」

「你爺爺還活著嗎？」

「去世了。」

「去世的人是什麼？」

「『阿飄』。」

「所以你看到的爺爺是什麼？」

「是『阿飄』……」

「那就是了。」

「我見鬼了？」子俠冒冷汗，這是不是人家說的時運低才會遇到的事啊？」

「我問你，這是你第一次看到靈異物體嗎？」

「我不知道，印象中，好像從小到大都沒有……哎呀，我根本沒想過這事，所以沒特別留意……」

「所以即使有碰過，但你也不知道是靈異物體，還以為是普通人類。」

「對、對！」子俠忐忑不安，一方面因為擁有超級視力而開心，另一方面卻因為會看到靈異物體而害怕。

「OK，為了證實你是不是擁有超級視力，從今天起，你必須特別留意身邊的人事物，尤其是『人』。」漢德用雙手食指比了一個開關引號。

「那些『人』……會不會傷害我啊？」子俠憂心忡忡。

「OK，你只需要暗中留意，但不要讓他們知道你能看見他們，要不然……」

「要不然什麼？」

「這些遲一點再說，總之，你什麼都不要做，暗中留意就行了，知道嗎？」

「知道了……」

「有什麼事的話，來這裡就能找到我了。」漢德躺在草地上，悠閒地看著天空。

「你念哪一所中學啊？下午不必補習嗎？」子俠也學他那樣躺下，看著廣闊明亮的天空，心裡沒那麼害怕了。

「念書？我一早就輟學了，沒念過中學。現在做散工賺錢養家，搬運、裝修、賣魚、賣菜、折紙盒……什麼都做。哪裡需要我，我就去幫忙。我念的是社會學校，學的是：交際、溝通、經濟、理財、經商、海洋學、建築學、耕種、環保……還有各種各樣的生活技能，每一天沒有規定的課程，去到哪兒，學到哪兒，隨心隨性，自由自在，也沒有考試……這一些，比在課堂裡上課有趣多了！」

「哇──」子俠閉著眼睛想像漢德的生活，衷心羨慕他的「課程」，沒有考試，就沒有成績的比較了。

「幹嘛？」

「羨慕。」

「你不喜歡上學？」

「嗯……」

「這世界上還有很多有趣的事，慢慢地，你就會發覺──」

子俠發現漢德的聲音越來越遠，他張開眼睛，發覺漢德已經往叢林深處跑去了。

「啊……」

漢德總是那麼突然。

突然出現，突然離開。

子俠看著漸漸消失的背影，怔在那兒。

想一想

漢德過著的生活，是子俠嚮往的嗎？為什麼？

10

「最討厭做這種事了！」

寶兒戴著鴨舌帽，身穿寬鬆T恤和及膝褲，低著頭快步走入女裝部。

她走到目的地，不安的情緒更強烈了。

「請問……有什麼可以幫到你嗎？」一名小姐綻開不太確定的笑容，上下打量著寶兒，視線最後停留在她的胸部。

寶兒被注視得不舒服，猜測她應該是銷售員。

「30A……」寶兒壓一壓鴨舌帽。

若不是家裡的內衣都緊得不能穿了，打死她都不來這地方。

「你是買給……」銷售員必須確認。

「我自己。」寶兒答得很小聲，做這種事，一點兒都帥不起來，和她一向來的形象格格不入。

「哦，好，沒問題。我們這牌子的內衣針對不同的年齡、胸型和大小，有不同的設計。請問小姐你喜歡什麼款式？什麼樣的設計呢？有什麼要求嗎？托高？集中？自然？舒適？通風？矯正？肯定有一種適合你。」銷售員馬上熱情地介紹各種內衣的功能和特點。

「呃……」寶兒完全沒頭緒，她之前的內衣都是去夜市買的，隨便買，隨便穿，包括身上這件。

「小妹，我覺得你現在穿的內衣並不適合你，完全襯托不出你的胸型。你應該只有十六七歲，還在發育中……你介意讓我幫你量一量，看看你適合什麼內衣嗎？」

「十四歲……」寶兒長得高，很多人都以為她比實際年齡大。

「十四歲而已哦，那表示還有很大的發育空間，你一定要好好照顧你的乳房，才會長得漂亮！」銷售員滔滔不絕，手上已經多了一卷皮尺。

寶兒好想找個洞鑽進去。

「來，手舉高。」銷售員抬起她的雙手。

「做什麼？」寶兒迅速後退一步。

「量胸圍啊！雖然以我的專業程度，目測已經能知道你的尺寸，但是我堅持用皮尺來量一量，這是我的原則。」銷售員非常堅持。

「好……好吧。」寶兒扭捏地舉起雙手。

「別害羞，女孩子買內衣是很普通的事，自己穿的內衣不買，難道永遠叫媽媽來幫你買嗎？」銷售員竟然開始訓話。

寶兒如砧板上的肉，乖乖地任她擺布，她只希望不要有認識的人經過。

她從來沒被別人碰過那麼敏感的部位。

「好，等我一下。」銷售員把皮尺掛在脖子，很快地選了幾件內衣。

寶兒拉一拉衣服和帽子，掩飾她的不安。

「小妹，來。」銷售員拉了她的手臂就往試衣室走。

「不必試了……」寶兒甩開她的手。

以前她在夜市裡買內衣，從來沒試穿。

「不必試？當然不行，哪有人買內衣不試穿的？我是專業的內衣銷售員，我不允許顧客做這樣的事。不試穿，我寧願不賣。」銷售員不是普通的認真。

「好吧。」為了不讓銷售員繼續講，寶兒只好妥協。

「來。」銷售員立刻綻開笑容。

她把內衣掛好後，一把拉了寶兒進去，把試衣室的門關上。

「你……怎麼不出去？」寶兒傻眼。

「我要為你服務啊！小妹，剛才我幫你量胸圍的時候，發覺你穿了不對的內衣，而且也不懂得穿內衣的正確方式。我實在忍不住，所以今天要好好地指導你一下。大家都是女生，你不必害羞，要不然你背著我換內衣，那麼我就什麼都看不見了。」銷售員很堅持。

寶兒無奈地看著她，心想：今天是逃不過她的魔掌了！

寶兒彆扭地背著她脫帽子和衣服，左掩右蓋，換上新內衣。

她向鏡子一看：媽呀，怎麼是那麼『娘』的可愛粉紅少女系內衣啊？

「你現在穿的內衣實在不行，布料劣等、設計簡陋、沒支撐力、沒集中功能，我都不想稱這東西為內衣。對我來說，它只是你用來遮蓋乳房的一塊爛布而已，一看就知道是夜市貨，再繼續穿下去，你的乳房保證走形！對不起，我說話是這樣的，有什麼，說什麼，別見怪喔。」銷售員自顧自個兒地把寶兒擺來擺去。

「小妹，轉過來給我看看。嗯，你身材瘦瘦的，乳房倒發育得不錯。但是，我剛才看到你穿內衣的方法，大錯特錯！」

「啊？」

「注意看我怎麼穿。」銷售員唰一聲，竟然脫掉自己的上衣，露出黑色蕾絲內衣，還有……豐滿的乳房。

媽呀，這名銷售員也太敬業了吧？

她熟練地伸手到背部「啪」一聲解開內衣扣。

不是吧，難道她要把內衣脫掉？

「呃……」寶兒嚇得用手護著胸部拚命靠著牆，生怕銷售員來解開她的扣子。

「哪，看好，把內衣罩著兩個乳房後，確定肩帶在這個位置。然後，身體微微往前傾，讓乳房完全被內衣舒適地包裹著。若乳房太大，好像我這樣，用手把乳房撥進去內衣裡，右手撥左乳，左手撥右乳……然後把扣子扣上，挺直身體，用手再小調整一下……記得哦，乳房要剛好被內衣罩著，不能太緊，會形成副乳；也不能太鬆，如果支撐不到，乳房會變形呢！」銷售員把她的乳房左推右托。

「呃……」寶兒看得目瞪口呆，面紅耳赤。

她從來沒看過那麼真實裸露的女性身體，而且距離還那麼近。

雖然大家都是女生，但她還是覺得很尷尬。

「來，到你了。」

「不……」

「轉過來！」

嗖！

啪！

推、托！

寶兒來不及反應，已經像個玩偶般被銷售員「攻擊」了。

她的動作快而準，寶兒完全無法招架。

「看，是不是和剛才你自己穿的不一樣？乳房是不是又挺又美了？」銷售員把寶兒扳向鏡子，對自己的「作品」很滿意。

「真的。」寶兒覺得很不一樣，她從來沒看過自己的胸部被內衣撐托得那麼好看，身體那麼有曲線，心裡不得不承認銷售員的功力，果然不是嘴巴說說而已。

「如果你把頭髮留長，再穿一件裙子，我保證會是個美少女！」銷售員邊說邊點頭。

銷售員的話如當頭一棒。

「藍寶兒，你怎麼穿這種少女內衣啊？這根本不符合你的形象！你是豹哥，不是粉紅豹！」寶兒突然醒覺。

「小妹，怎麼樣？這件內衣可以嗎？」

「不要！我不要這種……有沒有運動型的？」

「哈，我早料到了！剛才我就想到，你應該會選擇運動型內衣，所以也準備給你了。」銷售員從掛衣鉤拿下一件內衣「來，你試試看。」

「我知道怎麼穿了，可不可以請你……」寶兒真的沒辦法再次在她面前更換內衣。

「行！有需要幫忙的，大聲喊，我就在外面。」銷售員俐落地穿好上衣。

「嗯。」

銷售員出去後，寶兒對著鏡子照了一會兒。

「美少女？」她的眼神充滿疑惑。

最後，她還是買了兩件白色的運動型內衣。

「小妹，我覺得那件粉紅色內衣很適合你呢！我覺得，你會回來買的。」銷售員把收據交給寶兒，很有自信地說。

寶兒在心裡暗自哼了一聲。

「不可能！」

寶兒壓低鴨舌帽，以最快的步伐離開這恐怖的地方。

想一想

銷售員熱情地示範正確穿內衣的方法，為什麼讓寶兒覺得彆扭和尷尬？

寶兒回到家，看見爸爸剛要出門。

「爸。」

「嗯。」爸爸的手上拿著一件工具。

寶兒爸爸是裝修工人，他一早就出門了，應該是漏了東西，所以回家來拿。

「買什麼？」爸爸看見寶兒的手上拿著裝食物的橘色塑膠袋子及商場購物袋。

「雞飯。」她不好意思告訴爸爸她去買內衣，「你要吃嗎？」

「不了，趕時間。嗯，別亂花錢。」爸爸指的應該是購物袋裡的東西，他說完就騎上摩托車出門了。

「知道了。」

寶兒的媽媽在六年前因病去世了，留下她與三個弟弟。

從那時候起，爸爸變得消沉沮喪，只把精神寄託在工作上，不停地工作來麻醉自己。

一個大男人不知道如何教養女兒，也不懂得女孩兒的心思。久而久之，他就把寶兒當作男兒來對待，完全忽略她是個女生。

爸爸買給寶兒的衣服和弟弟們一樣，都是男裝。漸漸地，她也習慣了做男生的打扮，不僅外表上，連行為舉止都和男生沒有分別。

剛認識的人，還以為她家有四兄弟呢！

作為老大，寶兒從小就身兼母職，照顧年幼的弟弟們。

她照料他們的生活，也保護他們。

她不讓別人欺負他們，所以經常為他們打架出頭。

生長在這樣的環境裡，寶兒變得早熟和懂事，也顯得強悍，但是，性格也變得孤僻冷漠。

若不是身體的變化提醒寶兒是個女生，她差點兒也把自己當作男孩兒。

「當女生真麻煩，又有生理期，又要穿內衣……唉……」她看著手上的購物袋。

「來，吃雞飯。」寶兒把買回來的雞飯放在餐桌上，拿出一個綁著橡皮筋的飯盒，其餘的給他們。

「哇，今天有雞飯吃！」

三個精力充沛的小男生衝向餐桌，心急得把袋子裡的飯盒都拿出來打開，還用手去抓黃瓜來吃。

「快去洗手。」寶兒一手揮過去，掃開拿著黃瓜的小手。

「嘻嘻！」黃瓜掉在桌上，小男生馬上抓起來塞進口裡。

「唰」一聲，三個小男生又搶著去洗手，手也不抹乾就搶雞飯吃。

「一人一盒，不必搶吧？」寶兒不明白他們什麼都要搶和吵，總是不能安安靜靜地做一件事。

「大姐，搶的比較好滋味，你不知道嗎？」大弟邊狼吞虎嚥，邊回答她。

身為大姐，寶兒從小就習慣了有什麼東西就先讓給三個弟弟，從來沒想過為自己爭取。她也不覺得這樣有什麼不公平，因為弟弟們還小，讓給他們是應該的。

「好吃哦。」小弟吃得滿嘴油光。

「慢慢吃。」寶兒幫他擦嘴。

小弟滿足地笑，他知道這大姐酷酷的，但是心裡最疼他們。

「大姐，你不吃嗎？」二弟雖然頑皮，但三個弟弟裡面，他最貼心。

「現在吃。」寶兒打開綁著橡皮筋的飯盒。

「大姐，我要吃你的雞肉！」大弟突然從餐桌對面捧著飯盒繞過來，一臉饞嘴樣。

「啊！」寶兒想把飯盒蓋上，但是來不及了。

「大姐，你的雞飯怎麼沒有雞肉？全是飯？連黃瓜都沒有？」大弟驚呼。

「我減肥。」寶兒繼續低頭吃飯。

一人一盒雞飯，四個人就四盒，男生食量又特別大，尤其是大弟與二弟，他們每一次都要求加飯，一頓午餐需花費二十多令吉，開銷可不小。

寶兒只好想辦法減少開銷，弟弟們的不能省，她少吃點好的沒關係，飯也能飽腹啊。

平時她都是在家做簡單的飯菜給他們吃，比較省錢，但今天因為買內衣耽擱了太久，來不及做飯，只好打包。

「減肥？」大弟看著二弟。

「我也要減肥！」二弟夾了一大塊雞肉放在寶兒的飯盒裡。

「我也要減肥！」三弟有樣學樣。

寶兒怔了一下，抬起頭看著他們。

「我的肉吃完了……啊，給你黃瓜！」大弟把黃瓜放在寶兒飯盒，「減肥也要吃蔬菜！呵呵……」

「哇，你這樣也行啊？」二弟大叫。

「走開。」寶兒假裝生氣，一把推開大弟的頭，再往他的屁股送一腳。

她看著滿滿的飯盒，心覺得暖暖的。

想一想

寶兒之所以做男生的打扮，是出自於她本身的意願嗎？如果不是，為什麼會這樣呢？

12

今天子俠一大早便去學校，他有一本參考書留在教室裡，忘了帶回來，而他需要用來復習。

幸好在假期裡，校園有開放給老師和課外活動的學生使用。

教室裡空空的，平時子俠在教室總是低著頭，戰戰兢兢地坐在自己的座位上，現在沒人時，他才敢大膽地到處走動，看清楚教室的模樣。

他一個一個地參觀同學們的桌子和抽屜。

「哈，豹哥的抽屜裡都是課本！」

「原來狗仔豪平時愛看八卦雜誌，難怪那麼像狗仔隊！」

「高才聖果然是高材生，抽屜裡很乾淨，一本書都沒留下，應該是全帶回家溫習了……」

他像私家偵探那樣偵查同學們的抽屜，發現抽屜裡的情況能反映主人的性格。

「哎喲！」看著看著，他突然覺得肚子疼了起來。

他急忙快步走去最靠近的廁所。

「Sini cuci, pergi tandas lain.（馬來語：在這裡打掃，去另一個廁所。）」清潔女工在清洗廁所，叫他去其他的廁所。

子俠走去另一棟樓的廁所，發現裡面很多都是參加課外活動的學生，有人還在排隊。

子俠按著腹部直接走去校園後面，他記得那裡還有一間廁所，因為比較遠，所以少人使用。

「拜託，不要擠滿人，不要有工人在清洗，我快憋不住了！」

他一走進廁所，看見只有一個學生站在盥洗台前，於是趕快去處理他的「大事」。

這間廁所滿大，一眼望去應該有十多個隔間吧？

子俠上廁所有個習慣，那就是偏愛找最裡面的。

「比較靠近門口的，人來人往，常常被敲門催促，用得不安心；在最後一間，少人用，而且做『大事』時聲音太響，別人不會聽得那麼清楚。」

這是他的想法。

「咦？上鎖了？」

他發覺最後一間廁所被上了鎖，於是退而求其次，不拖延時間，趕快進入最後第二間。

噗——

「啊，舒服極了！呼……放屁的聲音那麼大，不知道外面的同學走了沒？聽到的話就丟臉死了。」

子俠仔細聽外面的動靜，他聽見水龍頭的水唰唰流出來的聲音，還有刷東西的聲音。

「原來他還在啊……」

子俠故意在廁所裡多逗留一會兒，避免出去時覺得尷尬。

許久後，唰唰的流水聲沒有了，但還是聽見刷東西的聲音。

「他在刷什麼啊？怎麼刷那麼久？」

子俠不想再待在臭熏熏的廁所裡了，他開門出去，把門關好，免得有人進去聞到新鮮出爐的氣味。

「咦，掛鎖開了？」

他不經意地看到最後一間廁所的門打開了一些，從門縫看進去，裡面黑漆漆的，什麼都看不到。

「奇怪，剛才明明是上鎖的，難道是我看錯了？」

子俠邊想，邊走過去盥洗台。

那男生還在那兒刷。

子俠和他隔了一個盥洗盆。

他瞄到男生正在低頭刷牙。

「他應該很照顧口腔衛生，還帶牙刷來學校。」

但是，子俠總是覺得有點兒不對勁，照理刷牙時，空氣中應該會有牙膏味，何況他刷了那麼久。

子俠覺得這樣看他沒禮貌，於是便假裝洗手，努力用眼角來偷瞄他。

好像真的沒有牙膏呢！

怎麼會有人刷牙不用牙膏呢？

真是個怪人。

這時候，男生終於停止了刷牙的動作，轉開水龍頭，把牙刷放在水流下沖洗。

「怎麼辦？怎麼辦？還是不乾淨……」男生喃喃自語。

「刷那麼久還不乾淨？不是吧？」

平時子俠刷牙一分鐘就搞定了。

他覺得很好奇，到底是什麼不乾淨，於是便放慢洗手的速度。

突然，男生抬起頭來照鏡子。

子俠很自然地也望向鏡子，他想看看男生的牙齒如何不乾淨。

啊啊啊啊啊啊啊！

鏡子裡的男生臉色蒼白，正咧開口檢查他的牙齒。基本上，完全看不見他的牙齒，因為牙齦流出來的鮮血覆蓋了所有的牙齒！

子俠終於明白為什麼他一直說不乾淨了，因為他一直用力刷，結果造成牙齦大量出血。他把血當作是汙漬，於是拚命刷，想刷掉汙漬。

結果，越刷就越多的血流出來。他看到越多血，就刷得更用力。

子俠這才留意到，男生的盥洗盆內全是血！

「我的媽呀！」

子俠噁心得想嘔，他強作鎮定，其實雙腳已經發軟。

他繼續洗手。

幸好男生好像完全不知道子俠的存在，他檢查完畢後，覺得不滿意，又低頭繼續刷牙了。

這一次，他刷得更用力了。

子俠覺得他再刷下去，牙肉都會被他刷下，一塊塊地掉下來。

「這樣子刷牙，還是人嗎？難道不會疼嗎？」

突然，子俠的腦袋如遭電擊。

「難道……他……不是人……」

他瞬間想到一件重要的事：靈異物體！

難道現在在他旁邊刷牙的男生是「靈異物體」？

想到這裡，他雙眼怔怔地看著眼前的鏡子。他看見最後一間廁所的門縫好像比剛才更大了，但是裡面還是黑漆漆的。

他現在才注意到，這間廁所真的很殘舊，只有一個黃燈泡，它還一閃一閃地。

他猛然想起校園裡流傳的一個故事：很多年前，有一個學生因長期承受學業的壓力，在一次考試中，他沒把之前寫錯的答案擦乾淨，結果老師批改時扣分。就是因為那一道題目，他的考試不及格。有一天，他進了一間偏僻的廁所，在第13個隔間內結束生命。自從那件事後，校方把廁所封鎖了。經過多年後，廁所又重新開放使用，但第13個隔間永遠上鎖。當年的學生都畢業了，但這故事還在校園裡傳，事情是真是假，沒人知道。

「不會是這一間廁所吧？」

子俠看著鏡子裡的一排廁所，心裡默默地數。

「一、二、三、四、五……」

他越數，內心的恐懼就越大。

「十三……啊！」

他確定了一共有13個隔間，也就是說，他旁邊的那個……

「我見到了……」

子俠低著頭，用雙手撐在盥洗臺上，他的腿已經軟得快要倒下了。

他的恐懼已經超標，眼淚不由自主地飆出來。

「原來見鬼是這樣的感覺……原來鬼是這樣的……我該怎麼辦……他有沒有發現我的存在……」

他鼓起勇氣，偷偷地用眼角瞄那個男生。

男生還在拚命刷牙，血不停地流下。

「趁他還沒發現……」

子俠以最慢的動作，關緊水龍頭，然後轉身朝門口走去。

這一小段路好長，他的腿乏力，不停地顫抖，簡直是拖著走。

突然，刷牙聲停止了！

子俠嚇得不敢動彈，全身僵硬，直冒冷汗。

「還是不乾淨、還是不乾淨……」

他聽見背後傳來男生的聲音。

「嗚……嗚……嗚……」

男生不再刷牙，開始哭泣。

子俠的呼吸急促，他想要立刻離開廁所，他快撐不住了！

他用盡吃奶之力衝出廁所！

他拚命地跑，跌跌撞撞地。

前面有一張長凳，他拖著快沒力氣的雙腿，跌坐在長凳子上，不停地喘氣，全身濕透，雙腳還在抖動，心臟都快跳出來了！

「嗚……嗚……」恐懼加上無助，他哭了出來，用手帕拚命擦眼淚。

他的腦海裡只浮現一個人影——漢德！

想一想

子俠為什麼開始相信自己能看見靈異物體？

13

「漢德……漢德……」

子俠又踏入那片叢林，他迫不及待想告訴漢德早上遇到的事。

「漢德！漢德！」

叫了一陣子，不見漢德的身影，子俠再提高聲量。

嗖！

一個黑影在叢林裡掠過。

嗖！

另一個黑影掠過，那聲音在寧靜的叢林裡，顯得特別清楚。

「什麼東西啊？是漢德嗎？別嚇我，我的膽量額度在早上已經用完了……」

吱——

「什麼聲音？是猴子嗎？」

子俠轉身面向聲音的來源，他好像看到有一個人在叢林裡，還有一個貌似動物的物體，因為隱約中看到牠全身長毛……

嘶——

唰唰——

那個人和牠在叢林裡好像有身體上的接觸。

一會兒後，叢林恢復寧靜。

「呃……」子俠不知道該離開或繼續待在原地。

唰——唰——

叢林裡又有聲音了！而且，好像有「東西」走著出來！

「咕嚕！」子俠不由自主地吞下一口口水。

「現在是什麼狀況？別告訴我裡面有野豬！老天爺，不要這樣對我可以嗎……」

黑影慢慢地走出來，終於看到是……

「漢德！哇，你躲在裡面幹嘛？你知道嗎？我快被你嚇死了！還以為是野豬……嚇死我！」子俠不停地拍胸口。

「你找我有事？」漢德在流汗。

「對啊，剛才喊了你好久都沒反應……」子俠看到漢德的腰間繫著一個簿子大小的布袋，而布袋還在蠕動著，「你抓……松鼠？」

子俠覺得奇怪，如果剛才在叢林裡的是漢德和松鼠，但是他所看到的「松鼠」有一隻狗的體形那麼大，怎麼裝得進那麼小的布袋裡。

漢德下意識把布袋移到身後，不太想讓子俠看見。

「你還沒說，找我有什麼事？」漢德坐在草地上。

子俠發覺到他渾身是汗，漢德變成「汗德」了。

「我的手帕借給你。」

「哇，現代的男生還有隨身攜帶手帕哦？」漢德驚訝。

「呃……」子俠伸出去的手想要縮回來。

漢德一把搶走他手上的手帕，「謝啦！」

子俠開心地看著他笑，他覺得漢德的每一個動作都充滿自信和灑脫。

「OK，你是不是看到『東西』了？」漢德注視子俠。

「對，你好厲害！你怎麼猜到的？」子俠的嘴巴呈O型。

「你來找我，除了這件事，難不成會問我功課嗎？」

「也對哦！呵呵……」

「OK，情況是怎樣的？」

「真的駭人聽聞哪！今天，我七早八早到學校……」子俠把早上的怪異事件全告訴漢德。

漢德靜靜地聆聽他所說的每一個字。

「你說，刷牙男是不是那個東西啊？」子俠緊張地問。

漢德看著子俠，他那黝黑聰慧的眼珠子閃閃發光，彷彿要看透子俠的腦袋。

子俠也看著他的眼睛，思緒漸漸掉入了黑暗的深淵，一直往下掉。

「OK，我很肯定地告訴你，你看到的的確是靈異物體。」漢德宣布結果。

「真……真的？」漢德的話把子俠從深淵拉上來，雖然他早已有心理準備，但還是覺得毛骨悚然。

「嗯。所以說，你真的有超級視力。」漢德下結論。

「啊啊啊……」子俠的情緒很複雜，他不知道該為擁有這超能力而高興或悲哀。汗珠從他的手掌沁出來，他呆呆地看著漢德，好像剛被宣布中了大獎，但隨著大獎而來的是巨大的恐懼。

「恭喜你，你擁有『天眼』！」

「天眼？」

「對，這種超級視力，我們稱為天眼，是一種非凡的能力，超級英雄才會有，平凡人嘛……萬中只有一個！」

「可是，我不想看到那些東西……」子俠很糾結。

「一開始會害怕，久了就習慣啦！」

「你又不是我，你又沒看見祂們，你怎麼能了解我的心情？」子俠快要哭出來了。

「你怎麼知道我看不見祂們？」

「啊？你……你……也有天眼？」子俠瞪大眼睛。

漢德微笑不回答。

「OK，我覺得你是被選中擁有天眼的人，可能因為你體內有正義的因子，你沒辦

法拒絕，這是注定的，就好像超人一出生就注定是超人，他也沒辦法改變命運。」

「我和超人一樣？」

「基本上是，但是……」

「但是什麼？快說，不要再嚇我了！」

「OK，每一個被賦予天眼的人，都會有一個使命。但是，我不知道你的使命是什麼……」漢德皺眉，苦苦思索。

「那……那怎麼辦啊？要問誰啊？Google查到嗎？」

「Google？哈哈哈哈……你可以試一試的……哈哈哈哈！搞不好超人也線上！」

「看你笑成這樣，這方法肯定行不通。」子俠洩氣地躺在草地上。

「嗚……笑得肚子抽筋。」漢德捂著肚子。

「笑夠了沒？你說每一個被賦予『天眼』的人，都會有一個使命……那你的使命是什麼？」

「哦？你想知道？」

「想啊，可能知道了後，我會對我的使命有頭緒，嗯……應該會有！」

「想知道的話，今——晚——十——一——點——半——在——這——裡——等——我——」

漢德的聲音越來越遠。

「咦？喂！你怎麼又不見了？」子俠坐起身時，只看見漢德的身影鑽進叢林裡，

「每一次都是這樣！」

晚上11點半？子俠從來沒試過那麼晚出門，媽媽一定不允許。

但是，他很想知道漢德的使命。

「我一定要赴約！」

因為這是朋友之間的約定。

想一想

為什麼子俠迫切想知道漢德的使命？他也渴望自己有使命在身嗎？

14

「洪子俠！」

子俠把腳踏車推進院子裡後，就聽到有人喊他的名字。

「豹哥？你怎麼來了？」

寶兒坐在院子裡的長凳上，一隻腳抬起來踩在凳面。

「訊息，早上。」寶兒搖了搖自己的手機，再指了指子俠的包包。

「你有發訊息說要來？」

寶兒一聽到子俠的回答就知道他完全沒看過她發的訊息，忍不住翻白眼。

「對不起，我早上出門太匆忙，忘了帶手機……你等了很久？」子俠很內疚。

「你說呢？」寶兒的白眼根本不想翻回來。

「對不起、對不起！都是我自己粗心，忘了把書帶回家，所以才回去學校拿，要離開時突然肚子疼，結果就……」子俠嘰哩呱啦地說了一大堆，說到後面突然噤聲，好像發現說錯了什麼。

「嗯？」寶兒發現他的異樣。

「呃……」

「說。」寶兒斜眼瞪著他。

「我不知道你信不信，但是，今早的事太詭異了！話說我肚子疼，便去找廁所啊……」子俠還是忍不住地把所有的事都告訴寶兒，包括後來去叢林找漢德的事，但省略了前面漢德抓松鼠的那個部分。

「嗯……」寶兒在思考著。

「你不相信？我知道這件事很難讓人相信，但是我發誓是千真萬確的，沒半句謊言！如果我騙你的話，我……我的數學考試拿零分！」子俠也不敢相信他竟然發這麼毒的誓言。

寶兒看著他半晌，拍拍他的肩膀。

「相信。」

雖然只有短短的兩個字，但對子俠來說卻意義重大。朋友的信任，比考獲好成績更讓他開心，更何況這是他僅有的兩個朋友之一。

「謝謝豹哥。」子俠由衷地道謝，還微微鞠躬。

「今晚……」

「我想去看看！」子俠很興奮，充滿期待。

「補習，現在。」寶兒站起來，舒展有點兒麻痺的腳。

「好，有請豹哥進屋裡。」子俠急忙開門。

今天的子俠特別亢奮。

「他說的遇鬼事件，是胡扯的吧？為什麼要說謊？是因為生活苦悶？或是太想要有朋友，所以用這種方式來吸引別人的注意力，以交到朋友？或想要我繼續和他做朋友？其實他不必說謊，我也會當他是朋友啊。他太沒自信了，如果我拆穿他，他應該會很難堪吧？他只是想要朋友，騙他說我相信，應該不會怎樣吧？至少，他已經交到另一個朋友——漢德。不是嗎？」

寶兒看著子俠的背影，思緒不停地在轉。

想一想

子俠為什麼願意告訴寶兒他看見靈異物體的事情？

15

晚上11點25分。

好不容易等到媽媽進房間休息了。

子俠躡手躡腳地走下樓，再輕輕地抬起腳踏車後輪，只讓前輪接觸地面滾動前進，以免齒輪轉動，發出太大的聲響。

「媽媽別發現、媽媽別發現……沒人看見我、沒人看見我……」

幸好他住在獨立式房子，和左右鄰居有一段距離，而且鄰里間都不太愛理別人的事，所以沒人探出頭來看。

離開家一段距離後，子俠才騎上腳踏車，朝叢林飛馳而去。

他的心臟怦怦怦怦地急跳。

吱——

煞車聲劃過寂靜的黑夜，讓他也嚇了一跳。

「漢德……漢德……」子俠輕聲叫喚。

他看一看手錶，糟糕！已經是晚上11點44分，比約定的時間遲了14分鐘。

「漢德一定以為我不來了……」

子俠覺得懊惱。

「噓！」

突然，叢林裡發出聲音。

「過來！」漢德的身影走出叢林，向子俠招手。

子俠喜出望外，急忙把腳踏車放好，向漢德跑去。

「沒人跟著你吧？」漢德東張西望。

「沒有！」子俠大聲回答，他太興奮了。

「噓！小聲一點，跟我來！」漢德連忙阻止他。

這時候，子俠才發現漢德今晚的打扮很不一樣。

他穿了夾克、長褲、靴子……還戴上牛仔帽！

簡直帥氣逼人！

子俠也留意到，今早他看見的那個布袋子，還是繫在漢德的腰際，但它是癟的，顯然裡面的松鼠已經拿出來了。

子俠跟著漢德在叢林裡東竄西鑽，走了好一段路。

「我們要到哪裡去啊？」他忍不住問。

突然，漢德停了下來，子俠整張臉一下子貼在他的背部。

「哎喲！」

「噓！」

「怎麼說停就停啊？煞車也要給個信號通知一下嘛……」子俠摸摸他的鼻子。

「OK，我告訴你，待會兒無論你看到什麼東西，無論有多害怕，千萬不要發出聲音，一點兒聲音都不可以！明白嗎？我過後才向你解釋，現在來不及了！」

漢德看起來很嚴肅，子俠乖乖地點頭。

漢德要子俠躲在草叢裡，他看了看，覺得沒問題後，便走出草叢。

子俠蹲在草叢裡，在月光的照射下，隱約看到漢德走沒幾步就停下，不遠處只有一棵樹。

不對，還有一個人！

「師傅，對不起，我來晚了。」漢德低頭向那個人道歉，態度非常恭敬。

那個人穿著白衣和白褲，滿頭白髮，還有鬍子，子俠覺得很面善。

「啊，古代人！」

當那個人的白鬍子在風中飄時，子俠立刻記起了：在工程擱置的店鋪見到的老爺爺！

「漢德認識『古代人』？他叫那個人作師傅？」

只見師傅的雙手擺在身後，目不轉睛地盯著樹上看。

「帶來了嗎？」師傅問，還是看著樹上。

「帶來了。」漢德拍了拍腰際的袋子。

「嗯。」

兩人不再交談，在冷風中佇立。

許久，子俠蹲得雙腳發麻，他們依舊一動也不動，他懷疑他們已經變成化石了。

他看了看手錶，時間剛好是午夜12點整。

「已經十二點了，我還要等下去嗎？如果媽媽半夜起身發現我沒在屋裡怎麼辦？她會不會報警啊？她一定會很生氣吧？」

當子俠還在東想西想時，突然……

「來了！」

師傅大喝一聲。

漢德的身體挺直，眼神銳利，好像獵人看到守候很久的獵物那樣。

子俠循著他們的視線，往樹上看過去。

除了夜風的吹拂，樹葉裡還有一陣異常的騷動，裡頭好像有東西。

為了看得清楚，子俠在草叢裡匍匐前進，慢慢地移動到更靠近漢德與師傅的位置。

「快下來，不得放肆！」師傅厲聲喝道。

「咕咕咕咕——」

那個「東西」發出刺耳的聲音。

「啊！」子俠差點兒尖叫，幸好他及時用手掩蓋嘴巴。

他看到了！

那個「東西」全身綠色，沒毛，長相怪異，有猴子般大小，但不像地球上的任何一種動物，牠比較像是一隻……妖怪！

綠妖怪在樹上吃芒果，那是一棵芒果樹。

「這不是你的世界，你不應該越界，快回去，不然我會對你不客氣！」師傅警告妖怪。

「咭——」綠妖怪不但不聽勸，還摘下芒果往師傅丟去。

「敬酒不吃吃罰酒！漢德，乾坤袋！」

「是，師傅！」漢德立刻取下腰際的袋子，把袋口打開對著綠妖怪。

師傅接過袋子，嘴裡念念有詞，好像是在念咒語。

綠妖怪不再丟芒果，驚慌得在樹上亂竄亂跳，不斷發出尖叫聲。

師傅的咒語越念越急，乾坤袋彷彿有一股強大的吸力，竟然把綠妖怪吸了進去！

只見漢德快速地束緊袋口，緊緊地抓著，任由牠在袋子裡掙扎。

乾坤袋裡一陣騷動後，沒了動靜。

子俠看得目瞪口呆，那麼大的綠妖怪，怎麼可能裝得進那麼小的布袋裡？

這太不可思議了！

子俠想起早上漢德捉松鼠的事。

那根本不是什麼松鼠！

「原來漢德會捉妖！難道他的使命就是捉妖除害？太酷了！」

漢德小心翼翼地把乾坤袋遞給師傅，師傅叮嚀了幾句便轉身大步離開了。

漢德站在原地目送師傅離開，直到師傅的背影消失在夜幕裡。

「漢德……」子俠站在漢德身後。

「哎呀，你怎麼跑出來了？」漢德有點兒驚慌，看看師傅有沒有回頭「先離開這裡。」

他趕緊又推又拉地把子俠帶走。

兩人終於走出了叢林。

「呼呼……」子俠氣喘吁吁。

「剛才……你看清楚了嗎？」漢德問。

「看到了！超恐怖的！你太厲害了，你的師傅更厲害！沒想到，你是捉妖高手呢！」子俠很興奮。

「要不然你以為？我的名字叫什麼？」

「漢德啊。」

「英文呢？」

「漢德……漢……德……啊！Hunter！獵人！」子俠靈光一閃。

「哼哼！」漢德一臉神氣。

「你是捉妖怪的獵人！」

「No，no，我比較喜歡你稱呼我——捕妖獵人。」

「捕妖獵人！好帥的名字哦。」子俠一臉崇拜，「你的使命就是捕捉妖怪嗎？為什麼要捉牠們？牠們害人了嗎？會不會吃人？那個布袋怎麼會把妖怪吸進去啊？你的師傅……」

「OK，停！」漢德高舉雙手喝住他。

「嗯。」子俠掩著嘴。

「嚴格來說，我只是個見習捕妖獵人，師傅才是真正的高手。捉妖的本領都是師傅教我的。你說得沒錯，我的使命就是捉妖除害。人有人的世界，妖有妖的世界，那些妖怪是不允許在人界出現的，只要牠們越界，我們就得把牠們趕回去。但是，普通人沒天眼，他們看不見妖怪，所以我和師傅就肩負這個使命，處理這些犯規的妖怪。」

「哇——」子俠的嘴根本沒辦法閉上。

「哇夠了沒？」漢德作勢要把石子丟進他口裡。

「夠了、夠了。嘻嘻……」子俠掩嘴笑。

「那……你有頭緒了嗎？」

「什麼？」

「你的使命啊！」

「沒有哦。」子俠一臉茫然。

「這樣啊……不如下一次我帶你見師傅，師傅應該可以幫到你。」

「好啊！那……下一次是什麼時候啊？」

「下一次……你就知道了。」漢德說完，竟然轉身就走入叢林裡，一下子就不見了蹤影。

「喂！喂！怎麼不說清楚就……走了。」

子俠歎了一口氣，看一看手錶。

「哇！」

他急忙騎上腳踏車往回家的路上狂踩。

想一想

子俠親眼見證漢德如何完成他的使命後，為什麼表現特別興奮呢？

16

籃球在半空劃出一道漂亮的弧線。

噗！

帥氣而準確地進入籃裡，完全沒碰到籃框。

那聲音多好聽，而且令人著迷。

寶兒已經在這公園裡耗了一個小時，盡情地發洩她的精力與鬱悶。

「臭人洪子俠，又害我白等。」

今天，她又被子俠「放鴿子」了。

「昨天明明約好的，今天卻不見人影，有那麼忙嗎？」

寶兒心裡在嘀咕，一方面又想到子俠可能為了新朋友忙，也是一件好事，不必一直對著書本溫習。

「唉，算了吧！」

她用力把籃球拋出去，因為想東西而分心，籃球沒投準，在框架轉了一圈，掉出籃外。

有人在籃球架下掠過，接走了籃球。

「怎麼失準了？」那人笑著拍打籃球。

原來是黝黑帥氣的隊長——韓斌。

「哼。」寶兒看著他，不知他有什麼企圖。

上一次她連累他被教練責怪，聽說還要到鄰校登門道歉，今天他應該不會放過她吧？

「來一場比賽？」韓斌把球放在食指上轉，眉毛挑了兩下，笑容燦爛。

寶兒轉過身背著韓斌，突然以迅雷不及掩耳之勢，搶下他手上的籃球。

原來轉身是假動作！

「哈！」韓斌回過神，急忙要把寶兒攔下。

怎知還是太遲了，寶兒已經扣籃。

「漂亮！」韓斌由衷地鼓掌。

寶兒哼一聲，把球拋給韓斌。

他一拿到球，神速進攻。

寶兒刻不容緩，立刻攔截，但他左躲右閃，還做了個假動作，寶兒上當了。

韓斌一個漂亮的上籃，可惜沒進。

但是，韓斌憑藉他那高超的技術，迅速把球接過來，在45角度一個砸籃板，進了！

「Yahoo！」韓斌高舉雙手歡呼，對著寶兒露出陽光般的笑容。

「哼！」寶兒有點兒沉不住氣。

她弓著身子運球，韓斌像一隻攔路虎，把她擋得死死的。

寶兒沒辦法，前不行，後不行，左不行，右也不行。

於是，寶兒準備把球投向偏遠的籃框。

韓斌沒料到寶兒會孤注一擲，他還轉身準備攔住寶兒前進，手肘剛好撞向她的胸部。

「啊！」寶兒吃痛，跌坐在地上。

籃球「啪啪啪」地掉在地上。

「對不起，我不是有意的……」韓斌急忙道歉。

寶兒的左手掌按在胸膛上，臉頰漲紅。

「我撞到哪裡了？給我看看……」韓斌蹲在寶兒的面前，說完後才看見她的手掌撫在胸部，立刻發覺自己不該那樣問。

寶兒馬上把手放下，完全不敢迎接他的目光。

她覺得又羞又怒，氣喘得更急，臉更紅了。

這時候，一滴眼淚竟然從她的眼角流下。

「我……」韓斌不知所措，完全無法處理這場面。

寶兒低頭看著地上。

他怔在那裡，不知道該繼續慰問或走開。

寶兒一句話也沒說，氣衝衝地站起來拿了背包就離開籃球場。

「太過分了！」寶兒覺得被羞辱了，尊嚴蕩然無存。

堂堂豹哥，竟然會發生這種事，同學們都知道的話，她在學校裡還有什麼形象？

「他怎麼可以這樣？」

她越想越氣，抬起腳就踢路上的小石子。

小石子被踢向樹，然後反彈到寶兒的後面。

她自然地回頭看，竟然發現遠處有一個人影鬼祟地躲到樹後。

「難道是他追上來了？」

但是，幾秒後，她推翻了這個猜測，因為看到樹後隱約有裙擺隨風輕飄。

「誰在跟蹤我啊？」

寶兒非常好奇，她躡手躡腳地從樹木的另一邊繞過去，想看看對方的廬山真面目。

看到了，原來是一個女生！

寶兒看過她，在那一天的籃球比賽時，雖然她並沒有像其他的女生那樣吶喊打氣，但她也激動得滿臉通紅，像個紅蘋果。

「哼。」

女生一轉頭發覺寶兒就在她的左側，嚇了一大跳。

「豹……豹……豹……哥……」

「你跟蹤我？」

寶兒的一隻手放在她頭頂上的樹撐著，從上面往下盯著她的眼睛，就像電影裡「壁咚」的情節。

寶兒長得高，女生抬頭才能看到她的臉。

「我……我……我……」女生的臉蛋「唰」一下紅了。

「嗯？」寶兒的臉湊得更近了，還帶著不懷好意的笑容。

「我……我……」女生低頭不敢看她。

「說。」

寶兒覺得這些女生很奇怪，明明就知道她是女生，還會害羞。女生的慌亂激起了寶兒好玩的心態，她更想要逗弄她。

「我……我……我……」

「『我』了半天，到底要我的什麼？」

「不……不……是……」女生急了。

她慌張地從包包裡取出一個小盒子，顫抖著手塞給寶兒。

「送……送……你……」

女生一說完轉身就跑，寶兒看著她的背影在轉角處消失，怔在那裡。

她打開盒子，裡面是一條精緻的銀項鍊，鏈墜是一個小小的銀色籃球。

她把鏈子舉高，銀色籃球在陽光下搖晃、閃爍，反射出閃耀的光芒。

「好漂亮。」寶兒由衷地讚美「有禮物收也不錯。」

看到這籃球鏈子，寶兒突然想起一件事。

「啊，我的籃球！」

她這才想起自己把籃球遺留在籃球場了。

在籃球場裡，韓斌手裡捧著籃球不知所措，剛才他想叫住寶兒，但又沒勇氣。

「她很疼吧？要不然，怎麼會掉眼淚？可是，我只是輕輕地碰了一下而已……」

韓斌洩氣地蹲坐在地上。

「笨手肘！都是你，笨手笨腳的！」韓斌用力拍打自己的手肘。

「唉，我該怎麼辦？」

他呆看著籃球，彷彿在等它回答。

想一想

為什麼寶兒被韓斌撞上胸部後，覺得自己被羞辱和有失形象呢？

17

嘀嘀——嘀嘀——

「喂？」

「開門。」

子俠一聽見「開門」這兩個字，就知道是寶兒來了。他急忙收起正在翻閱的超級英雄畫集，快步下樓。

「早安，豹哥。」子俠笑臉迎接寶兒。

「阿姨，早安。」寶兒看見子俠的媽媽在客廳看報紙。

「早安。」媽媽抬頭看了寶兒一眼。

子俠看著寶兒，指了指樓梯，暗示要她上樓。

「子俠，假期過了那麼多天，你都有在復習嗎？」媽媽問。

「有……」子俠很自然地站定，回答媽媽的話，但有點兒心虛。

「嗯。你同學的功課很好？」媽媽看著寶兒。

「啊……是，她的成績在前三名內。」

「那麼聰明啊？人家前三名，你就從後面算起三名……」

「我……」子俠握緊他的衣角。

「我在想，反正你們在同一班，學習的東西都一樣，不如請他在放學後給你補習……好，就這麼決定。」媽媽向著寶兒「你願意嗎？」

「啊？怎麼沒問我願不願意？」子俠嘀咕。

「什麼？我聽不清楚。」

「沒……什麼。」

「阿姨會給你一些費用，你就當做賺零用。怎麼樣？」

「沒問題。」寶兒爽快地答應。

「豹哥……」子俠吃驚地看著她。

「很好。阿姨有個條件，那就是你必須把你會的全教他，一定要教到他懂為止。阿姨的要求很簡單，就是要子俠的成績和你一樣。行嗎？」

「嗯。」寶兒聳肩。

「最好是讓他看到試題的前半部，就能知道該用什麼方式來解答。」媽媽一本正經。

寶兒的眉毛挑高，心裡想：這是特異功能吧？

「媽，那我平時每天的補習呢？」子俠問。

「照舊。反正你星期六和星期日只補半天，那麼下半天就讓豹哥給你補吧。」

星期天下午是子俠唯一的自由時間，現在也被剝奪了。

「就這麼說定了。子俠，溫習前先去廚房把雞精喝了，補腦的，對學習好。」

「是。」子俠無力反抗，順從地喝光雞精。

這種「補腦聖品」，子俠從小不知吞下多少，他已經習慣了。但是，腦袋不見得有多聰明，不知補到哪裡去了。

一關上房門，子俠就焦急地問，豹哥，為什麼你答應我媽呀？」

「哼。自己想。」

「啊？我哪裡知道？我的補習已經很多了！」子俠急得都快哭出來了。

寶兒皺眉看著他，心想這男生怎麼那麼「娘」，一點兒小事就要掉眼淚。

「如果我不答應，你媽會找別人。」

「對哦！我怎麼沒想到？豹哥，原來你是在幫我！」子俠恍然大悟。

「笨。」

「可是，媽媽要我的成績和你一樣，怎麼可能？除非給我你的腦袋。」子俠哀嚎。

「到時再打算。」

「哦。」

「那天我叫你做的數學題……」

「哦，在這裡……」子俠遞給寶兒「好像錯了……」

寶兒快速地檢查子俠的運算。

啪！

寶兒一拳打在子俠手臂。

「哎喲，你幹嘛打我？你可以像個女生，不要那麼粗魯嗎？全都做錯了嗎？」子俠叫痛。

「全對。」

「真的假的？我運算時一直在想，到底是不是這樣算……」

「你有點兒自信好不好？」寶兒翻白眼。

「那麼，有機會得80分嗎？」

「嗯……繼續做。」寶兒指著課本上的幾道題目。

「喔……」子俠只好拿起紙和筆，整齊地擺放在面前，然後開始解題。

寶兒趁他解題時，在房間裡東看西看。

最新型號的電腦和手機、各種電子配備，衣櫃裡有很多沒穿過或用過的名牌衣物及袋子，還有無數的手錶，全都看起來價值不菲。

「這些東西，爸爸是不可能買給我的。」

寶兒羨慕子俠擁有那麼豐富的物質生活，而她的背包爛了，卻不知怎麼開口向爸爸要錢買新的。

她的心裡有點兒不舒服。

「好了，請老師檢查。」子俠笑瞇瞇的。

「嗯。」

「怎麼樣？」

寶兒不回答，只用筆圈出運算錯誤的部分。

「哎喲！我原本是那樣寫的，早知道就不改了！」他呱呱叫。

「那晚……你去了？」寶兒試探性地問著，她始終認為子俠在編造故事。

「那晚？哦！對，我去了，真是大開眼界呢！我告訴你哦，當我去到叢林時……」

寶兒只問一句，子俠便口沫橫飛地把那晚的事全說出來。

她沒想到，那天子俠編的故事竟然還有後續。聽了他的敘述，心裡雖然覺得太誇張了，但她還是沒說什麼。

「他已經那麼沒信心，如果我質疑他的話，他一定更加沒自信，甚至在我面前抬不起頭了。我就當作聽故事吧！」

寶兒在心裡這樣盤算。

「你說，漢德的師傅那麼厲害，他一定可以為我解謎。是不是？」子俠很興奮。

「解謎？」

「他能告訴我，到底我的使命是什麼啊！漢德說，現在我的身分不同了，我也有超級能力，我一定要好好利用這個超能力！」他顯得雄心萬丈。

「嗯。」

「但是……看到牠們時，我還是會害怕……」他擔憂。

「嗯。」

「我一定能克服的，對嗎？」他渴望得到寶兒的鼓勵。

「嗯。」

「豹哥，謝謝你，除了漢德之外，你就是我僅有的好朋友了！」子俠激動地抓著寶兒的手，好像又要哭了。

「少噁心，改。」寶兒黑著臉把試題推給他，心裡卻是暖暖的。

從小到大，寶兒身邊的人都因為她與性別顛倒的外形打扮而遠離她，沒想到子俠會把她列入好朋友名單內。

好朋友……

多麼令人快樂、充實的三個字。

寶兒的心門，悄悄地開了一個縫。

想一想

如果寶兒戳破子俠的謊言，子俠真的會失去自信嗎？為什麼？

18

叩叩叩叩叩叩！

子俠和寶兒正埋頭解答數學題時，門外傳來急促的敲門聲。

「子俠，你爸爸進院了，我們去看他！」子俠把房門一打開，媽媽劈頭就說。

「哦？」子俠還呆站著，不在狀況內。

「你還不快點？」媽媽一臉擔憂，忙著檢查為爸爸準備的替換衣物。

「我先走了。」寶兒推了子俠一下。

「哦……」他這時候才急忙拿了手機和錢包，跟著媽媽走下樓。

媽媽問清楚修車廠工人後，知道爸爸被送到鎮上的醫院。

從媽媽與工人的通話中，子俠才知道爸爸因為已經感冒了幾天，精神不好，今天在修車廠一不小心跌倒傷了腿。

到了醫院，媽媽問了爸爸的病房號碼後，便帶子俠往電梯的方向走去。

這間醫院已經很殘舊，應該是英國殖民時代所建造的，很有英式古堡風味。

但是，這建築物真的很老了，連電梯上上下下，都可以聽見轟轟的聲音，就像一個老爺爺在咳嗽。

子俠有點兒莫名地緊張。

好不容易，電梯終於下來了。

叮！

電梯一打開，裡面的角落有一個瘦小的老婆婆，她沒打算出來。

這已經是醫院的最低層，剛才老婆婆應該是按錯鈕，上錯樓層，所以現在重新按過。

媽媽與子俠走進去，後面跟著一名打扮得很時髦的女郎以及一個老爺爺。

女郎踩著高跟鞋，嘴唇塗得很紅，就像血那樣。從等待電梯開始，她就一直在按手機，進入電梯裡，她的頭還是沒抬起來。

女郎按了5，媽媽按了4。

紅唇女郎就站在老婆婆旁邊，站得很靠近。

「喂，別顧著按手機，你快撞到後面的人了！」

子俠很想喊她，但是他始終沒開口，因為不敢。

老爺爺的行動不太方便，走得很慢，媽媽按著「打開」按鈕，等他進來。

老爺爺的腳似乎沒什麼力量，他走得搖搖晃晃的。

媽媽看見了，連忙伸出另一隻手扶著他的手臂，讓他借力。

「謝謝。」老爺爺向媽媽道謝。

「嘖，你快一點行不行？我快要遲到了，都是你的寶貝兒子，原本應該是他送你來檢查的，突然一個電話打來就把你丟給我，我可是要上班的，臨時請假，老闆已經不高興了……」紅脣女郎突然發飆。

老爺爺的表情很尷尬。

「我的女兒……」他說。

媽媽點點頭，沒說話，特意讓視線離開這對父女，以免老爺爺難堪。

電梯的門關了，但是紅脣女郎的嘴巴還沒關上。

她還在繼續埋怨，子俠看著她的嘴脣一開一合的，覺得很厭煩，轉過頭不想看。

古董電梯喘著氣，緩緩地上升。

片刻，子俠感覺到氣氛有點兒不對勁，溫度變冷。

他的眼珠子開始搜尋，一寸一寸地搜尋……他看到了！

老婆婆的臉竟然在紅脣女郎的旁邊！

這怎麼可能？老婆婆那麼瘦小，而紅脣女郎原本就不矮，還穿了高跟鞋。

子俠的眼珠子開始往老婆婆的下半身看。

哇！

他倒抽一口氣，老婆婆穿著傳統的「阿嬤衫」，下半身是褲子，但是看不見她的腳，因為她的褲子黑黑長長的。

老婆婆突然變高了，因為她的腿拉長了！

那是一個很詭異的畫面，老婆婆的身形完全不符合人體比例。

更詭異的還在後頭……

老婆婆的臉越來越靠近紅唇女郎，而她沒反應，好像完全沒感覺。

子俠看著媽媽和老爺爺，他發現他們並沒有察覺這可怕的一幕。

「不符合人體比例……他們看不見……只有我看見……所以……她是……」

子俠的冷汗開始狂飆。

不是吧？

他忍不住往老婆婆的方向看去。

啊！

老婆婆滿是皺紋的臉已經貼在紅唇女郎滑溜溜的臉上，形成強烈的對比。

老婆婆還瞪大了充滿血絲的眼睛，一眨也不眨地看著她。

恐怖的是，紅唇女郎不知道還在嘀咕什麼，她渾然不覺！

好幾次，紅唇女郎擺動頭部，她的紅唇差點兒就吻上老婆婆死灰色的裂唇。

子俠實在看不下去了。

叮！

4樓！

爸爸的病房到了，電梯的門慢吞吞地打開，子俠一個箭步衝出去。

媽媽也走了出來，狐疑地看著他。

「我……我要上廁所！」子俠隨便找個藉口「待會兒我去找你們，我知道病房號碼，404。」

「嗯，別亂走。」

子俠並沒有上廁所，他隨便繞了個圈就去找爸爸。

「知道。」

「404號……啊，前面就是！」

「你到底還要住在修車廠多久？家裡什麼都有，你寧願一個人待在廠裡？」他聽見媽媽的聲音。

「……」

「這個家，你到底還要不要？」

「……」

「一個家庭分開兩邊住，像話嗎？人家會說什麼？我如何向娘家交待？」

「交待……」

「我們是很多人眼中的模範家庭，你知道嗎？家裡的事，都是我在操心，你有擔心過什麼？你知道最近子俠的成績有多糟糕嗎？他的哥哥姐姐都以優異的成績考上大學，我們不能讓他毀了這名譽，我們一定要他像他們一樣，進入名牌大學……」不知道媽媽是不是太久沒見到爸爸了，一股腦兒地把壓抑已久的怨言全吐出來。

「是你，不是我們……」

「什麼？」

「我說，是你要面子，是你要交待，是你要子俠進入名牌大學，不是我。」

「你……」媽媽沒料到爸爸會反駁她。

「我要他好，我全是為了他的將來打算……」

「你問過他了嗎？」

「他還那麼小，怎麼懂得判斷？當然是做父母的為他安排……」

爸爸抬頭，看見子俠在門外。

「小俠，過來。」爸爸微笑著招手。

「爸……」子俠向爸爸走過去。

「我去辦理住院手續，順便問問醫生傷勢。」媽媽抓起手提包就走出病房，似乎在努力地平復她的情緒。

爸爸的右腳打了石膏，子俠輕輕地撫摸，眼睛泛紅。

「沒事，過幾天就好。」爸爸安慰他，「男子漢不能隨便掉眼淚哦。」

「嗯。」子俠拭掉淚花。

「讓爸爸看看，你好像越來越瘦了，功課很重？」

「現在是假期，快開學了，開學後就有一連串的考試。」

「喔，盡力就好。除了念書，生活還有很多有趣的事。」

「對！」子俠微笑，他想起了他的超能力。

爸爸還不知道他也成了超級英雄的一份子呢，如果他知道的話，一定會以他為榮。

子俠現在還不想告訴爸爸，他想待時機成熟時，才給他一個驚喜。

他們聊了一會兒後，媽媽回來了。

「手續辦好了，醫生說過幾天檢查後沒大礙就可以出院。子俠，我們回家。」媽媽的表情冷漠。

「爸，我要回家了。」子俠不捨。

「想爸爸時，就來修車廠。」爸爸拍拍他的肩膀。

「哦。」

子俠尾隨著媽媽到電梯前。

「啊！媽，你先下去，我的手機忘了拿。」子俠說。

「怎麼那麼粗心？」

「我回去拿，你先下樓，不必等我。」他快步往病房的方向走去。

他拐入轉彎處就不再前進，靠在牆上等待。

叮！

電梯到了，開門的聲音，關門的聲音，下降的聲音。

子俠這才走出來，他推開電梯旁邊的一扇門。

「我不想再看到她，我寧願走樓梯下去！」

想一想

子俠為什麼不願意再乘電梯？他不想看見的「她」，究竟是誰？

19

冷風颼颼。

子俠和媽媽從醫院回家後，已經是傍晚時分。

他找個藉口說要買文具，又去叢林裡找漢德。

進入叢林時，天色更暗了。

「漢德——漢德——Hun——ter——」

「噓！」樹上傳來聲音。

「啊，漢德！見到你真好！你能不能帶個手機啊？那我就不需要找你找得那麼辛苦了。」子俠抹汗。

啪！

漢德從樹上跳下來。

「OK，那麼急，應該又有事發生了吧？」

「對啊！你真的神機妙算！我跟你講……」

「別說話，跟我來！」漢德拉著子俠的手就向叢林深處疾走。

「哇！慢一點……」子俠完全沒準備，一個踉蹌，險些跌倒。

漢德在叢林裡行動就像在平地那樣，對每一棵樹、每一塊石頭、每一個坑洞、每一個土丘，都非常熟悉，就像在自己的家那樣。

漢德好不容易停下了。

子俠有點兒暈眩，大口地喘著氣。

他環視一下周圍，看見前面有一座亭子，亭子裡有個白衣人！

漢德拋下子俠，向亭子走去。

「漢德……」

只見漢德恭敬地向亭子裡的人說話，良久，他揮手叫子俠過去。

子俠戰戰兢兢地走向亭子。

「師傅，他來了。」

原來是漢德的師傅。

「師……傅。」子俠毫無頭緒，他不知道應該做什麼，只好跟著漢德稱呼。

「你不是我的弟子，叫我白師傅吧。」白師傅說道，他的雙眼閉著，坐在亭子裡。

「是……白師傅。」

「我們見過了，你記得嗎？」白師傅問。

「那天晚上，在……店鋪那兒？」

「嗯。你還記得那晚發生什麼事？」

「是……有一個黑衣小妹妹在哭……她好像迷路了。」子俠的印象深刻。

「嗯。那晚，我已經知道，你的眼睛異於常人。」

「啊！」

「你看見的那個小妹妹，並不是人類。」

「啊！」子俠回想那晚的情景，越想越害怕，拚命抹汗，「可是，她就蹲在那邊，真的就像一個小女孩那樣……」

「她應該也很驚訝，因為你能夠看到她的存在。你記得當時我和你說了什麼嗎？」

「您好像說……『你不應該在這裡，快回家』……」子俠努力回想。

「嗯。」

「白師傅，為什麼你這樣說呢？你是不是擔心她會傷害我？」

「當時你並不知道自己有看見靈異物體的能力。我擔心的是，你會以為她是人類而和她溝通，我不清楚她會對你做出什麼事。當你發現真相時，後果難以想像……現在，你已經知道了你有這個能力，而且已經有了心理準備，也是時候讓你知道你的使命了。」

「是……」子俠的心情就好像等待老師宣布考試成績那樣。

「它們原本不應該逗留在人類的世界，但卻沒辦法離開，因為它們的心願未了。你的使命就是……幫助它們完成心願。」

「完成……心願？」

「只有這樣，它們才可以回到屬於它們的世界。」

「您的意思是我要拯救它們？就像超級英雄那樣拯救弱小？」

「可以這麼說。但是，如果你不願意的話，我現在可以拿走你的能力，從此以後，你就再也不會看見它們了。你想清楚。」

「我……」一切都來得太突然了，子俠的腦袋一片混亂。

履行使命，讓他有存在價值。可是，這樣的話，他就必須與它們有正面的接觸，這讓他感到害怕。

如果取走了超級視力，猶如被廢掉了武功一樣，他就和以往的自己沒分別，平庸普通得連自己都覺得乏味。

要行俠仗義，或是打回原形？

這問題比任何一道他解過的考題更艱難百倍。

他的內心不斷地掙扎，天人交戰啊！

「我要成為超級英雄！」突然，不知哪來的力量爆發，讓他說出這個決定。

「哦？你想清楚了？」白師傅問。

一直默默站在旁邊的漢德也露出吃驚的表情，驚訝於他的決定。

「我決定了，我不想再當個沒有存在感的讀書機器，我要改變！」

「很好。那麼，從現在開始，當你再遇見它們時，你就要幫助它們完成心願。」

「是。」子俠的內心澎湃。

白師傅舉起左手一揮，不再說話。

只見漢德向他鞠躬，拉著子俠便走。

「走吧。」

「可是，我還有問題……」

「噓！」漢德示意他別說話，急步帶他離開。

兩人又回到碰面的地方。

「漢德，我想問問白師傅，我該怎麼幫助它們？它們聽得懂我說的話嗎？它們會不會傷害我？它們……」

「到時候，你就知道了。」

「啊？」

「天機不可洩漏。到時候，很自然的，你就會知道怎麼做。」漢德一副高深莫測的模樣。

「天機不可洩漏……天機不可洩漏……」子俠不斷地咀嚼這句話，覺得意味深長。

想一想

是什麼原因讓子俠克服恐懼，選擇擁有超級能力幫助靈異物體完成心願呢？

20

開學了。

寶兒一走入校園，馬上成為眾人的焦點。

「哇！」

「哇，太帥了！」

「帥得太犯規了！好有型哦！」

「我的心跳得好快，快扶著我，要暈倒了！」

這是女生們的嬌呼聲。

「哼！」

「又是那個藍寶兒，男不男，女不女！」

「像什麼樣？怪裡怪氣！」

這是男生們的聲音。

因為寶兒在假期裡剪了超短髮型，比男生的頭髮更短，而且左邊耳朵上端的頭髮還削得老高，露出大片頭皮，中間的頭髮就左邊側分，帥氣地撥到右邊。

再加上今天有運動課，她穿了運動衣和長褲，看起來就是一個高、瘦、帥的大男生。

「唉，都是那個理髮師，已經叮囑她了，下手還是那麼重……」

她也察覺到她的前衛髮型引起了一陣騷動，但表情依然冷若冰霜，只是加快了步伐，不想惹麻煩，尤其別讓看她不順眼很久的訓導主任發現。

「藍寶兒！」

她聽見有人叫她的名字。

「不是那麼倒楣吧？」

她停下腳步，準備接受一頓訓話。

「藍寶兒！」

咦？這聲音不太像是訓導主任，她回頭一看。

只見韓斌跑了過來，他的後面還有一群同學站在原地等他，他們都是籃球隊的隊員。

「你走得那麼快，我差點兒追不上了。」

「不是追上了嗎？」後面的籃球隊員在起鬨「哈哈哈！」

寶兒假裝沒聽見，但全身立刻戒備，用眼神詢問他的目的，但依然木無表情。

「你的籃球。」韓斌把手上捧著的籃球遞給她。

寶兒很快地接過籃球，轉身就想走，她擔心他會重提那天的事。

「等一下，那天你突然……」

不是吧？他真的問了！

後面的男生竟然很有默契地靜了下來，彷彿想要聽清楚他們的對話。

寶兒的心裡急得很，鼻頭居然在泌汗，她可不想被人知道那天發生的事，尤其是後面那班調皮的男生！

突然，她看到一個人！

救星來了！

「美女！」寶兒突然向一個女生喊道。

那女生怔了一下，不知道是不是在叫她。

「叫你啊，美女！過來一下。」寶兒向她招手，「來啊！」

那女生怯怯地走過來，雙手緊握她的書包帶子。

韓斌整個人像紅綠燈那樣呆站在一旁，不知道寶兒想幹什麼。

「嘿，謝謝你哦。」寶兒說。

「哦？」

「這個。」寶兒從衣領拉出籃球項鍊，晃了晃，銀色籃球鏈墜一閃一閃的，「那天忘了道謝。」

「不……不客氣。」女生的臉漲紅。

「你叫什麼名字？」寶兒低頭問，她比女生高了一個頭。

「曹……曹梅……」女生不敢對上寶兒的眼神，頭垂得低低的，聲音很細。

「草莓？」寶兒笑。

大家都喚曹梅作草莓，她也習慣了。

「草莓，為什麼送項鍊給我？」

「我……」

「喜歡我？」寶兒的臉更靠近曹梅，表情曖昧。

哇！現在是演哪一齣戲？寶兒竟然公然問那個女生那麼敏感的問題。

女生完全沒想到寶兒會這樣問，她呆呆地看著寶兒，再看著韓斌，不知如何是好。

「咯咯……咯咯咯……」後面發出了很刻意的乾咳聲。

韓斌從來沒像今天這樣，強烈地感覺自己好像一個超級大燈泡。

他不知道是不是應該默默地離開，讓她們好好地聊。

鈴——

上課鐘聲響了。

「同學們請回到各自的教室裡。」學長在維持秩序。

草莓立刻轉身跑了。

寶兒一邊的嘴角向上揚，看了韓斌一下，也準備轉身離開。

「我……」韓斌訕訕的，還想要說些什麼。

「嗚——」怪叫聲從後面響起。

寶兒不理他們，大搖大擺地走向教室。

但是，沒走幾步，剋星已經在前面等候她。

高大的訓導主任像一尊雕像，雙手抱胸，目光銳利，視線鎖定在寶兒的頭部。

他緩緩地把右手抽出來，頭部25度傾斜，食指指著寶兒，彷彿找到了獵物。

砰砰砰！

寶兒感覺自己被無影子彈射中了。

「麻煩！」

她在心裡歎了一口氣。

想一想

寶兒故意在韓斌面前搭訕曹梅，她的用意何在？

21

放學後，寶兒在學校打了一輪籃球，發洩完畢才回家。

回到家後，她督促弟弟們做功課，接著開始做家務。

今天，訓導主任訓了她一頓。

「藍寶兒，你的髮型已經違反校規。」他的表情就像逮到了守候很久的獵物。

「哪一項？」

「學生的髮型規定。」

「短也有問題？」

「太短了。」

「那剃光頭呢？不短？沒違規？」

「髮型不能前衛，不能追隨潮流！」訓導主任轉移矛頭。

「校方一直以來不是鼓勵學生要與時並進，跟上社會的步伐，留意潮流趨勢，提升鑑賞能力嗎？學生真正把師長的話付諸於行動，反而被責怪？所以說，校方講一套，做一套？」

「你標新立異！」

「所以說，學生必須活得沒有自我，儘量大眾化，不能展現自己的色彩風格？」

「學生過於追求潮流會影響學業！」

「我的成績一直都是90分以上。老師不信的話，可以問問我的班主任。」

「這……這是男生的髮型，你是女生！」

「現在是什麼社會？男女不是老早就平等了嗎？莫非老師您歧視女性？」

「你……」訓導主任從來沒被學生那樣諷刺，他的臉鐵青，氣得說不出話來。

他無計可施，請一名女老師來輔導她。

「我會聯絡你的家長。」

訓導主任最後拋下這一句話。

就是最後這一句話讓寶兒感到懊悔。

「藍寶兒，為什麼你要反駁那麼多？好好地認錯不就好嗎？爸爸知道了，他會有什麼反應？唉……」

寶兒不希望爸爸知道她在學校闖了禍。

噗噗噗噗——

門外傳來摩托車的引擎聲。

爸爸回來了！

引擎聲停止了，門打開，爸爸提著工具袋走進屋裡。

「爸爸，我們在做功課！」三弟大聲報告。

「嗯。」爸爸應了一聲。

他坐在沙發上，用遙控器打開電視機。

寶兒偷瞄爸爸的臉色，好像沒什麼異樣，她便繼續把亂七八糟的客廳收拾整齊。

爸爸點了一支菸，他之前從來沒在屋裡抽菸。

當她不經意地抬頭時，發現爸爸的目光焦點不是電視螢幕，而是她的頭部。

寶兒心慌，立刻轉身背對著爸爸。

「寶兒。」

寶兒怔了一下，停止收拾的動作。

「訓導主任打電話給我，說你的髮型……問我為何讓你剪那樣的髮型。」

「……」

「老師說，你敗壞校風，這樣的學生，學校不歡迎！」

「……」

「為什麼你要和學校作對？不想念書了嗎？不想念的話，就和我一起學做裝修，賺錢養家！」

「……」

「你的打扮越來越過分，比男生更像男生，你能有女生的樣子嗎？你看看你現在的模樣，說是女生根本沒人相信！」

「你從來沒把我當作女生。」

「你說什麼？」

「你有像對女兒那樣對待我、照顧我嗎？」

爸爸沒回答，只猛吸一口菸。

「你買過裙子給我穿嗎？」

「……」

「我現在的樣子，是你造成的。你知道嗎？」

「你可以改變嗎？不要再像男生那樣。」爸爸的語氣放軟。

寶兒挺起胸。

「我覺得這樣很好，沒什麼問題。至少，沒人敢欺負我。」她冷冷地回拒，離開客廳。

爸爸聽了這番話，頓時覺得愧疚。寶兒自小沒得到他的庇護，為了保護弱小的自己和弟弟們，在環境的壓迫下，只好武裝自己，穿上「盔甲」。

現在，他卻怪她的「盔甲」給他帶來麻煩。

他要她脫下，但卻不能了。

她已經習慣了活在這個「盔甲」裡面。

看著這倔強的女兒，爸爸的心覺得很疼……

想一想

寶兒情願做男生的打扮，主要原因是為了什麼？

22

開學後，又是一連串的考試。

當然少不了讓子俠心驚膽跳、同學們等著看好戲的數學考試。

今天就考數學了。

這一次，子俠的壓力比以往的更大，因為多了寶兒與高才聖的賭注。

「如果你考砸了，以後不只你在班上會被看不起，連帶豹哥也會在同學面前抬不起頭！豹哥的尊嚴都在你的手上了，洪子俠，你千萬別讓她丟臉啊！」

子俠拖到最後一分鐘，爭取最大的努力，才甘願把考卷交上去。

鈴——

剛好到了休息時間。

他看到寶兒看著他，便向她苦笑一下。

「豹哥——」子俠心裡在哀嚎。

寶兒只是微微挑了挑眉毛，好像一點兒都不擔心。

高才聖有意無意地瞄向他們，帶著輕視的表情，一副勝券在握的模樣。

「大新聞！大新聞！」狗仔豪氣急敗壞地衝進教室裡。

他的大嘴巴原本要爆料，但一看到寶兒，硬生生把話吞下去，然後走向高才聖的座位。

嘰哩咕嚕、嘰哩咕嚕。

狗仔豪在高才聖的耳邊說了一大堆。

高才聖聽了臉色大變，狗仔豪還想繼續說，卻被他厭煩地趕走。

其他同學覺得好奇，便拉了狗仔豪來問。

「喂，狗仔豪，什麼事情那麼神祕？」

「對啊，說出來給大家聽吧！」

「不要浪費你的獨家新聞，快報導啦！」

狗仔豪有所顧忌地看著高才聖。

高才聖沒理會他，全神貫注地把課本翻來翻去，準備下一個考試，但卻一臉煩躁。

狗仔豪最後還是忍不住，把事情告訴同學。

「什麼？不會吧？」

「81分，比原定的挑戰分數還多了1分呢！」

「不可能！難道這世界上真的有奇蹟？」

「狗仔豪，你收到的消息準確嗎？會不會收錯消息，報導錯誤哦？」

「當然100％真材實料！我剛才特意跑去辦公室，哀求Mr. Chong先批改他的考

卷，他好不容易才答應的。我親眼看著Mr. Chong批改，怎麼可能不是真的？你們可以懷疑地球不是圓的，但是不能懷疑我狗仔豪的消息是假的！」

狗仔豪最受不了有人質疑他的獨家消息，他越說越激動。

寶兒的眉毛微微地抖了一下。

「這麼說，紫霞妹妹贏了？」

「對啊，說好80分的，大家都聽到了。」

「還真看不出紫霞妹妹有兩把刷子，會不會是他平時裝傻扮懵，故意耍我們的，其實他才是高手！」

「我說啊，豹哥才是高手中的高手，沒有她名師指導，紫霞妹妹怎麼可能『金榜提名』？」

「對、對！」

「他們雙劍合璧，把高才聖給打敗了！」

「紫霞妹妹勝出了，這麼說，高才聖豈不是要遵守承諾……」

「在Facebook道歉！」幾個同學異口同聲說道。

砰！

突然傳來一聲巨響，大家嚇了一跳。

高才聖鐵青著臉，用手按著厚厚的課本，剛才是他用力把課本往桌上放。

「噓，別再說了……」

大家看到苗頭不對，噤聲回到各自的座位上。

子俠的腦袋還在轟轟地響。

「狗仔豪說的是真的嗎？我真的考到80分？不會吧？」

他向寶兒看過去，寶兒一貫地對他揚起一邊的嘴角，自信滿滿。

寶兒把只用兩隻椅腳支撐的椅子放下，站了起來，向高才聖走過去。

同學們互相打眼色，紛紛轉身往後面看。

高才聖像雕像那樣一動也不動地坐著，好像沒察覺寶兒的舉動。

寶兒坐在他的對面，直視他的眼睛。

寶兒只用嘲弄的表情看著他，許久都不說話。

高才聖不知道寶兒葫蘆裡賣什麼藥，只能怔在那裡等她「出招」。

同學們也緊張地屏息等待。

「願——賭——服——輸。」寶兒慢慢地吐出四個字。

高才聖看著寶兒，雙手緊握拳頭，額頭的青筋都冒出來了，臉色一陣青，一陣白。

「藍寶兒，你不要囂張！」

「什麼願賭服輸？誰和你賭了？」

高才聖的跟屁蟲在大聲嚷嚷，想挽回一點兒氣勢。

「哼。」寶兒站起來，走出教室。

同學們的目光停留在高才聖的臉上。

「看什麼看？」

「有什麼好看的？」

跟屁蟲們護主心切。

高才聖的眼神向子俠掃過去，像要噴火那樣。

他從來沒試過那麼丟臉，還要在Facebook公開道歉，他感到受盡羞辱，心裡對寶兒的憎恨不斷增加。

「藍寶兒、洪子俠……我一定會想辦法回敬你們！」

想一想

從高才聖知道子俠的數學成績後的反應來看，他有預想過事情會這樣發生嗎？他是否真的會願賭服輸呢？

23

高才聖在此向洪子俠致歉。

道歉貼文一出現，子俠的Facebook熱鬧起來了，不單是他的同班同學，整個優秀中學的學生紛紛詢問誰是洪子俠。

這貼文引起了不少人的注意，而且竟然還被分享了很多次。

「高才聖幹嘛向洪子俠道歉？那個洪子俠又是哪位？」

「聽說這件事好像和藍寶兒有關。」

「藍寶兒……這名字有點兒熟悉。」

「啊，她是不是那個籃球打得很棒的豹哥？」

「寶兒？豹哥？真的是同一個人嗎？」

「搞到要公開道歉，好像很嚴重。到底發生什麼事？」

「你沒『爬貼』嗎？他們班上同學的留言不是說出始末了嗎？那是因為高才聖挑戰豹哥和洪子俠，要洪子俠的數學考試考獲60分，結果洪子俠得了81分，所以高才聖就公開道歉。」

「為什麼他們會有這個挑戰啊？」

「好像是因為高才聖經常嘲笑洪子俠，於是豹哥行俠仗義。」

「女生為男生出頭？這有點兒搞笑！」

「哈哈，說豹哥是女生，根本沒人相信好不好？」

「根據『路邊社』透露，洪子俠之前的數學成績超爛，常常不及格。這一次要不是豹哥幫他惡補，他是不可能得到81分的！」

「哇，有沒有搞錯？他那一班不是資優班嗎？竟然考那麼爛的成績？」

「他是在資優班沒錯，他資不資優這個問題嘛……」

「那個洪子俠，他的同學還叫他『紫霞妹妹』呢，哥哥幫妹妹，沒錯啊！」

「對哦，哥哥幫妹妹，太貼切了！」

「哥哥幫妹妹。+1」

「哥哥幫妹妹。+100」

「太弱了吧？他還算是男生嗎？」

「洪子俠，你能不能爭氣一些，不要丟我們男生的臉好不好？」

「拜託，是男子漢的話，靠自己好嗎？」

「哈哈哈哈……」

子俠不停地刷手機看留言，線民好像都把重點轉移到他的軟弱上。

「拿到了81分又如何？大家都認為是因為有豹哥幫我……我在大家的眼中就是那

麼沒用，無論再怎麼拼，也是因為有別人的協助，才會有好成績。」

子俠覺得很沮喪。

「不！我要靠自己的力量，不要再軟弱，我也可以幫助別人！學業上不行，但我有其他方面的能力！」

子俠想起了他的使命。

「可是，自從見了白師傅到現在，那麼久了，我還沒見到『它們』。不想遇見時，就接二連三碰到；想看到時，偏偏就一個都沒有！氣死人了！」

子俠越期待，反而就沒碰上「它們」。

「咦？我可以主動去找『它們』啊，就去我之前遇見『它們』的地方，不就行了嗎？」

子俠興奮極了，他覺得這主意很棒。

於是，他決定一個一個地方去找尋，希望「它們」還在那兒。

他先從第一次遇見「它」的地方開始，那就是附近廢棄的店鋪區。

「就在今晚開始行動！」

這可是他第一次履行神聖的使命，他既期待又忐忑。

「洪子俠，超級英雄是不畏恐懼的，加油！」

想一想

子俠真的是因為得到寶兒的幫助才考獲優異的數學成績嗎？

24

喀嚓！

子俠輕輕地把鐵柵鎖好，照舊抬起腳踏車的後輪前進，以避免發出太大的聲響。走了一段路後，他快速地騎上去，猛踩踏板，疾速離去。

今晚，他的目的地不是叢林，而是廢棄的店鋪區。

「我記得那晚補習回家途中……就在這裡聽到哭聲……它就蹲在柱子的後面……」

店鋪區沒路燈，四周一片黑漆漆，只有颼颼的風聲。

「這幾排店鋪廢棄了那麼久，怎麼沒再繼續建？」

他把腳踏車停放好，拿著手電筒，在黑暗裡摸索。

說不怕是假的，子俠感覺到他的雙腿在顫抖，好幾次想打道回府。

「哎呀，每一根柱子都一樣，到底是哪一根了？如果前面那一根也沒有，那我就回家。」

他自己在心裡做了一個決定，其實他是很想離開這陰森森的地方。

這時候，手電筒的燈光忽地漸漸黯淡，最後連一絲亮光也沒了。

「不是吧？這個時候才沒電力？手電筒也建議我回家？那沒辦法了……」

嗚——

當子俠轉身想要離開時，他的背後突然傳來哭泣的聲音！

嗚——嗚——

一模一樣！

這哭聲就和那晚的一模一樣！哭得很可憐，子俠的思緒都快會被它牽走了。

子俠反射性動作，立刻轉身舉起手電筒向背後照去。

「誰？」

當然，手電筒完全沒發出燈光。

「誰？」他依舊舉著手電筒，彷彿這樣能壯些膽。

「嗚——嗚——哥——哥——」

子俠的眼睛漸漸適應了黑暗，他沒看錯吧？

子俠嚇得一個踉蹌，差點兒摔倒。

黑得像黑夜一樣的連衣裙，袖子很長，裙子很長。

是它！

它低著頭站在柱子的旁邊。

「小……妹妹……」

「哥哥……你看得見我？」

「嗯……」子俠吞了一口唾液。

「哥哥……這裡好冷……好暗……」

「啊……」

「哥哥……我想回家……想回家……」

「那……你回家啊……」

「我不能……回不到……」

「你……幾歲啊？」

「六……」

「你要哥哥怎樣幫你呢？」為了使命，子俠鼓起勇氣問。

「哥哥……帶我回家……可以嗎？」

子俠還在想，若答應帶她回家，那表示會有近距離的接觸，怎麼辦？

「哥哥……我不要留在這裡……我想回家……」

「嗚……嗚……」它似乎感覺到子俠的猶豫，悲傷地哭了起來。

「好，哥哥帶你回家！」子俠下定決心。

他提醒自己，他是不畏恐懼的超級英雄，說到就要做到，這才是真正的英雄。

「但是，哥哥怎麼帶你回家呢？」

「哥哥的腳踏車……我坐在後面……哥哥不要往後面看……」

「哦？好……」

子俠走過去騎上腳踏車。

「你……可以上來了。」他的眼睛看著前方，手心在冒冷汗，不敢回頭看。

啊！

子俠感覺到腳踏車的後座沉了下去，就像真的有人坐上去那樣。

「哥哥……可以走了……」

子俠全身的汗毛都豎了起來，但沒辦法，他已經答應了要帶它回家。

「你的家……在哪兒啊？」

「哥哥轉左……路口再轉右……」

「哦……」

「我的家前面……有一棵芒果樹……」

子俠在她的指引下，騎著腳踏車轉來轉去。

他覺得後面的重量就像一塊大石頭，沉甸甸的，比一個小女生更重。

「不要想那麼多……不要想那麼多……就當作是載一個小妹妹回家……」

雖然如此，他的雙腿還是不聽使喚地顫抖，好幾次腳踏車碾到小石子，他差點兒失去平衡跌倒。

騎啊、騎啊，騎出了子俠居住的住宅區。

騎啊、騎啊，來到了另一個村子，終於在一所房子前停下了。

子俠停在芒果樹下。

「小妹妹，這是你的家嗎？」

「謝謝……哥哥……」

子俠瞬間感覺到腳踏車的後座變輕了！

他不知道怎麼騎回家的，只感覺腦袋迷迷糊糊的，回到家倒頭就睡。

他更加不知道，他晚上的行動竟然被人發現了！

想一想

試猜一猜，究竟是誰發現了子俠在晚上的行動？

25

第二天，子俠無精打采地去上學。

一連上了幾節課，他都在猛打哈欠，好幾次還被老師叫去洗臉。

「洪子俠？昨天偷雞去了？幹嘛這麼累？」Mr. Chong也忍不住問他。

全班聽了哄堂大笑，紛紛轉過頭看著他。

「Mr. Chong，昨晚他可能通宵做你的數學題，所以才會睡眠不足啊！」高才聖揶揄。

「哦，是嗎？這樣的話，數學應該進步不少吧？我期待你在下一次的考試考獲更好的成績！」

「Mr. Chong，洪子俠不會讓你失望的，有人會協助他的！」高才聖故意這樣說。

同學們把目光投向藍寶兒，有些同學還發出竊笑聲，喧鬧聲越來越大。

寶兒好像沒聽到任何聲音那樣，把玩著她的鉛筆，完全沒反應。

「你們是在資優班，一定要比其他的班級考得更好，要不然，什麼叫做資優班？倒不如換去念普通班好了。」Mr. Chong覺得莫名其妙，但沒問下去，「好了，別再鬧，繼續上課。」

同學們這才收回亂飛的思緒，專心地上課。

寶兒看著子俠，剛好他又打了一個哈欠，張得老大的口像個無底洞。

「待會兒一定要抓他來問話！」

昨晚，寶兒做好所有的家務，洗好了一家五口的衣服在院子晾的時候，她看見了一個熟悉的人影騎著腳踏車經過她的家。

好不容易等到休息時間。

子俠一看見老師走出教室，他就想趴在桌面上小休。

寶兒走到他的身旁，用手指戳了他的手臂一下。

子俠轉頭看著寶兒，表情呆滯。

寶兒用眼神示意他跟著她出去。

子俠只好搖搖晃晃地跟在寶兒後面，繞過人群，走到校園一角的儲物室外面，這裡平時很少人來。

「豹哥，神馬事？」子俠邊說邊打哈欠，口齒不清。

「昨晚你去哪裡？」寶兒單刀直入。

「昨晚？Mr. Chong叫你來問我的嗎？」子俠緊張。

「我自己問的。」

「幸好……」子俠拍拍胸口。

「快說。」寶兒不耐煩。

「沒有啦……」子俠的眼神在飄。

「哼，昨晚我看到你。」

「你看到我？」

「快說實話。」

「好啦，昨晚確實發生了一些事……」子俠把送黑衣女孩回家的事告訴寶兒。

「門外有一棵芒果樹？」寶兒在想一些東西「洪子俠，我住的那一條街，有一戶人家的女兒，在很多年前的晚上，因貪玩和朋友進入施工中的店鋪，結果因失足而從第五樓掉下來，死了。」

「啊！」

「小女孩當場腳斷，腦漿……」

「啊！」

「他們家前面有一棵芒果樹。」

「啊！」

「後來，聽說那個建築工程就此擱下，沒有再進行了。」

「啊！」

「我聽到的就是這樣。」

「難怪她說……她回不了，要我載……原來……她的腳斷了……」

「昨晚，你真的載她回家？」寶兒質疑地看著他。

「當然是真的，我真的幫了她！」

「嗯。」

「豹哥，我覺得我可以利用我的力量做一些事幫助『人』。我很高興，我不再是一無是處！我很難形容我現在的心情給你聽，總之，這種感覺真的很棒，很充實！現在，我終於感受到很實在的……存在感！」子俠的眼神在發亮。

「存在感？」

「是！存在感！」子俠用力點頭。

鈴——

休息時間結束了。

兩人不再說什麼，向教室的方向走去。

寶兒走在子俠後面，看著他的背影。

「這是巧合嗎？或者他又在說謊了？如果懷疑他，他應該會很傷心吧？他好不容易才找到存在感……」

她感覺子俠的世界越來越不簡單。

想一想

子俠如何從幫助送黑衣女孩回家的事件中獲得了實在的存在感？

26

子俠的心在怦怦地跳。

他真的吃了豹子膽，他告訴媽媽說，校方與輝煌鎮的一所學校辦了一個有關考試作答技巧的座談會，邀請名師主講。他參加了，今天必須與同學們乘巴士到該學校去。

現在，子俠真的在巴士上，但是巴士不是開往輝煌鎮的方向，而是駛向爺爺的家。

第一次自己一個人乘長途巴士去爺爺家，說不怕是假的。

但是為了使命，他決定鼓起勇氣。

「爺爺去世的時候，他讓我看見了，一定是有事要我幫他完成。」他是這樣想。

到了巴士站，子俠從巴士走下來，幸好這裡地方不大，他對爺爺家的方向還有印象。

天氣陰陰的，好像快下雨了。他加快腳步，終於到了爺爺家的籬笆外。

幸好籬笆沒上鎖，子俠趕緊進入院子，老爺趴在五腳基，懶洋洋地抬頭看了他一眼後，繼續趴著。

突然，子俠聽見屋裡傳來搖椅在搖動的聲音！

「不是吧？爺爺那麼快就出現？我還沒有心理準備呢……」

他站在門外，猶豫著要不要進去。

「死就死吧！」

30秒後，他抖著手輕輕地推開木門，怕驚動爺爺，另一隻手握緊手帕。

嘎——

殘舊的木門還是發出聲音。

而搖椅聲……停止了！

子俠開始冒冷汗，推開木門的動作，停了一下。

細得像針的雨開始淅瀝淅瀝地落下。

天空中有道光閃現，在短短一秒中的光線裡，他隱約從門縫看見搖椅上真的有「人」！

轟！

雷聲震得他的心臟快跳出來了。

怎麼搞得像拍恐怖電影那樣啊？

「爺爺……我是小俠……」

子俠戰戰兢兢地先打個招呼。

「小俠？」

媽呀，搖椅上的「人」竟然回應了！

不對，這聲音……怎麼那麼熟悉？

他壯著膽把木門推開……啊！

「爸爸？怎……怎麼會是你？」子俠非常驚訝。

「爸爸想念你的爺爺了……回來看看他生前住的地方……」爸爸有點兒哽咽「你也想念爺爺了，是嗎？」

「是……是啊。爸，你的車子呢？沒停在院子裡？」

「哦，我來到的時候，輪胎有問題，便放在街口的修車店，走路過來。」

原來是這樣，如果子俠看到爸爸的車子在院子裡，剛才就不會嚇得頭皮發麻了。

「你一個人來？你怎麼來的啊？媽媽她知不知道……唉，那些不重要。來，剛才爸爸買了炒粿條，陪爸爸一起吃。」

「哦，好的。」子俠看看外面，「老爺吃什麼？」

「你的叔叔住在附近，他每天都會帶食物給牠吃，牠已經吃飽了。」

雖然爸爸說陪他吃，可是大部分的炒粿條都是子俠在吃，爸爸夾了幾口就停筷了。

幸好嬸嬸平時有來打掃，房間乾淨，讓他們可以睡一夜。

子俠還記得上一次媽媽找不到他而生氣的經歷，於是趕緊發訊息備案，告訴媽媽他已經從輝煌鎮回來，今晚會去找爸爸，在修車廠過夜。

爸爸在爺爺的房間裡睡，子俠睡在隔壁的房間。

他躺在床上翻來覆去，睡不著。

「怎麼辦？爸爸有在，爺爺會出來嗎？」

他決定到爺爺的房間裡看看，說不定爺爺會在裡面。

當他從房裡走出來時，發現客廳的搖椅背著他在搖動。

「爸爸也睡不著？他太想念爺爺了……」

子俠不想打擾爸爸，他躡手躡腳地走到爺爺的房間，打開房門，透過門縫窺探。

「嘶！」

不看還好，一看之下，子俠倒抽一口氣。

爸爸躺在床上！

那麼，搖椅上的是……

子俠把門關上，深呼吸，轉身。

「他是爺爺……他是疼愛我的爺爺……不怕……不怕……」

他這樣告訴自己後，果然沒那麼害怕了。

「爺……爺……」子俠站在搖椅後方，約有十步的距離，他低著頭看地上。

「小俠……」

「爺爺，你……是不是有話要對我說？」

「小俠啊……帶老爺走……叫你爸爸照顧老爺……」

「老爺？帶老爺走？爺爺，你的意思是……」

子俠抬起頭想問清楚，看見搖椅還在晃動，可是卻空無一人。

「爺爺！」

子俠睜開眼睛，發現他躺在床上。

「啊！」

他看看窗外，天亮了。

客廳傳來窸窸窣窣的聲音，他趕緊下床開門，看爺爺是不是還在。

「小俠，醒了？爸爸買了早餐，也把車子開回來了。吃了早餐，我們就回去。」

院子裡果然停放著爸爸的車子，老爺就趴在輪胎旁邊。

「爸！」子俠想起昨晚的事。

「嗯？」

「我們……可以帶老爺回去養嗎？」

「啊？」

「牠在這裡……很寂寞。」

「可是……你媽媽一定不允許。」爸爸很為難。

「對啊，還要過媽媽那一關！」子俠沒想到這一點，他頓時像洩了氣的皮球。

「別失望，讓牠住在修車廠，問題不就解決了嗎？」爸爸偷笑。

原來爸爸早已想到方法，只是故意逗他的。

「太好了！」

「其實，爸爸也有這樣想過，老爺是你爺爺生前相依相伴的夥伴，看到牠，就像看到你爺爺一樣……」

於是，兩人一狗乘上車，老爺好像已經知道爸爸會帶牠走似的，乖乖地上車，靜靜地趴在後座「閉目養神」。

「原來爺爺是想要爸爸照顧老爺。老爺陪著爸爸，就像爺爺在爸爸身邊一樣，借這方法來減少爸爸對他的思念，不讓爸爸一直沉浸在悲傷裡……爺爺，你可以放心了。」

子俠恍然大悟。

想一想

子俠幫助爺爺完成他最後的心願，讓老爺陪著子俠爸爸，這樣是否真的能撫慰子俠的爸爸呢？

27

有了第一次及第二次的經驗，子俠覺得亢奮，他不想停下。

於是，今天放學後，他留在圖書館裡，目的是找線索。

他上網找有關學校的新聞，找了很久，都是一些關於校園活動的報導。

「有了！」

疑承受不了考試壓力　男學生校園廁所內自盡

子俠點擊進去看，發現那不是新聞，而是一個校園論壇，專門讓學生們分享各地學校所聽過的詭異故事。

幾年前，有人分享了這件事，還上載了一張班級照。子俠認得照片裡圈出來的正是刷牙男！

「啊！」

子俠覺得毛骨悚然，他繼續讀下面的學生發言。

「……據說十多年前，有一名學生交上數學考卷時，沒把計算錯誤的筆跡擦乾淨，老師誤以為答案錯誤，批改成績不及格，他告訴老師實情……老師不接受……後來決定給學生一次機會，收回考卷重新批改，成績及格，打算開學後再發給那學生……但已經來不及……學生接受不了不及格……假期間進入校園內，選擇在廁所裡最後一個隔間內自盡……學生們禁止在校園提起這件事……雖然開放，沒人敢用……那間廁所的最後隔間，長期上鎖……聽說有人經過時聽見刷牙聲……那個學生一直刷牙，一直說『不乾淨』……應該是責怪自己沒把算錯的字跡擦乾淨，所以陰魂不散……」

學生們針對這件事七嘴八舌地發表言論，有一些人的哥哥姐姐叔叔阿姨曾經是那一屆的學生，更加繪聲繪色，就好像他們親眼看到那樣。

神通廣大的學生竟然還找到了當年的那一份考卷，上傳到論壇去。

子俠趕緊把考卷列印出來。

刻不容緩，他離開圖書館，往後面的廁所走去。

這時候已經是傍晚時分，校園裡已經沒什麼人，清潔工人也下班了。

「它還會出現嗎？」

子俠自己也不肯定。

他用力地推開廁所門，然後快速向後彈開，好像門一打開就會有東西會向他撲過來那樣。

裡面靜悄悄的，沒動靜。

子俠把每一個隔間都看清楚了，最後一間依然上鎖。

刷牙男不在，他鬆了一口氣，卻有一絲失望。

不知道是不是剛才太緊張了，他的肚子突然一陣絞痛。

「哎呀，怎麼會在這個時候肚子痛？」

他憋不住了，趕緊進入上一次那一間廁所裡解放。

當他正痛快的時候，聽見了外面有「啰」的一聲響。

好像是隔壁，也就是最後一間廁所傳來的聲音。

子俠屏息，豎起耳朵想聽清楚是什麼聲音。

沒有「啰」聲了，他聽見的是另一個聲音，那是「唰唰」聲！

啊！

子俠用手掩著嘴巴。

刷牙男來了！

他趕快處理好，穿上褲子，推開門。

果然，隔壁廁所的門打開了！

刷牙男就站在盥洗台前面……刷牙！

唰唰唰唰……唰唰唰唰……

空氣中一樣沒牙膏的氣味。

不知道是不是心理作用，子俠隱約聞到血腥味。

雖然子俠與刷牙男之前並沒有任何互動，但是和黑衣女孩和爺爺比較起來，他對刷牙男的恐懼感更為強烈。

因為……他感覺到威脅性？

難道刷牙男會傷害他？

子俠用力緊閉眼睛再睜開，不讓自己想太多。

他慢慢地走到盥洗台，和刷牙男之間隔了一個位。

唰唰唰唰……唰唰唰唰……

它不停地刷，子俠心裡焦急，不知道該不該打擾它刷牙。

「怎麼辦？怎麼辦？還是不乾淨、還是不乾淨……」

終於，刷牙男停止刷牙看鏡子，它喃喃自語，還是同一句話。

它打開水龍頭，開始洗牙刷。

「怎麼辦？怎麼辦？還是不乾淨……還是不乾淨……」

子俠忍不住了。

「已經乾淨了！」

突然，空氣就像凝固那樣，一片寂靜，水龍頭的水也停止流動。刷牙男停止了所有的動作，像雕像那樣不動。

子俠也不敢動。

許久，他終於聽見後面傳來水滴在地上的聲音。

滴！滴！滴！

刷牙男慢慢地把頭轉向子俠。

「乾淨了？」

「嗯，乾淨了。」

「怎麼會？」

「真的！我沒騙你！」

「我明明算對了……就是沒擦乾淨……結果不及格……不及格……爸爸媽媽好失望……我讓他們失望……嗚嗚……」

「你別哭，沒有不及格，你看！」子俠從口袋裡掏出幾張折起來的紙，打開放在刷牙男的面前讓它看清楚。

「啊……我的數學考卷？61分……及格了？」

「是啊，你及格了！」

喀！

牙刷從刷牙男的手上掉在地上，它把考卷接過來，仔細看，激動得很。

「及格了……」

「別再刷了，及格了！」

「乾淨了……及格了……」

「對，乾淨了！」

突然，廁所外面傳來「啪」一聲！

子俠嚇了一跳，回頭一看。

「喂，你怎麼在裡面？我要關校門了！快回家！」學校守衛探了頭進來。

「哦……好……」

子俠回頭一看，刷牙男已不見蹤影，考卷掉在地上。

「走、走，這麼多廁所不去，偏偏來這裡……」守衛在嘀咕。

守衛站在門外等，意思是要目送他離開。

於是，子俠不再逗留。

當他走出廁所時，聽見一把聲音在耳邊響起：「謝謝……」

雖然很小聲，但很清晰，就像耳語。

他回頭，對著廁所會心一笑。

✦想一想✦

子俠在學校廁所裡遇見的刷牙男，知道自己在當年考獲及格的成績後，為什麼停止刷牙接著又消失了呢？

28

三個了！

已經幫了三個「人」了。

子俠終於感受到完成使命的成就感。

「我是黑暗的英雄，就像……蝙蝠俠！哈哈，我的名字也有個『俠』字，難道我注定就是一名英雄俠士？那我是什麼『俠』呢？嗯，我是……陰陽怪俠！這名字很酷，我喜歡！」

烈日當空，腳踏車的輪子在炙熱的馬路上滾動，熱風颼颼地吹在他的臉上。

今天，子俠要進行下一個任務，目的地是醫院。

「大白天，恐怖指數應該不會那麼高吧？」

他感覺沒那麼害怕了。

他把腳踏車停放好，走進上一次爸爸住院的那一棟建築物。

當他一踏進這棟像英式古堡的建築物時，感覺到四周的溫度和外頭的落差很大，裡面是陰涼的，光線也不充足。

子俠低著頭，徑直向電梯的方向走去。

有兩個印度人在等待電梯，看起來像夫婦。

電梯到了，三人走進去，子俠按4，印度先生按3。

兩夫婦不斷地用坦米爾語交談，子俠仔細地觀察四周。

他知道它有在，因為他已經感覺到莫名的寒意。

果然，他看到了！

它就站在印度夫婦的後面，印度夫婦肥大的身形把它擋著，當它飄上來時，子俠才發現。

老婆婆像上一次那樣，飄到和印度太太一樣的高度後，臉開始越貼越近……

印度太太還在比手劃腳，口沫橫飛。

「怎麼辦？這裡有其他人，我要如何和它說話？他們看不見它，會以為我腦袋有問題。」

他的手伸入背包裡要找手帕。

「欸？」

他摸到一個東西，靈光一閃。

「老婆婆……」子俠把手機放在耳邊，目光往老婆婆的方向看去。

老婆婆一怔。

「老婆婆，我看得見你……我是來幫你的，你有什麼要我做的嗎？」子俠繼續說，目光隨便亂瞄，不敢一直看著它，擔心印度夫婦會懷疑。

老婆婆緩緩轉過頭，看著子俠。

它的眼睛好像覆蓋了一層膜，朦朧沒焦點。

「你……和我說話？」老婆婆開口了，它講的是福建話。

「對啊，我和你說話，但我必須假裝講電話，不然他們會以為我在和空氣說話。」子俠嘗試用有限的福建話參雜華語和老婆婆對話。

「唔……」

「你不知道我看得見你？」

「阿嬤不知道，阿嬤的眼睛不好，看不清楚。」

「啊？阿嬤，那你幹嘛每一次把臉貼得他們那麼近？」

「阿嬤看不清楚啊，阿嬤靠近點兒看看，才能看清楚是不是阿嬤的家人……快，你幫阿嬤看一看，這兩個是不是阿嬤的家人？」

「阿嬤，他們是印度人。」

「唔……」婆婆失望。

電梯到了三樓，印度夫婦出去了。

子俠放下手機。

「阿嬤，你的家人呢？為什麼你要找家人？」

「阿嬤是一個人住的，靠撿賣紙箱和鋁罐過生活。阿嬤有一個女兒，但是很久沒看見她了，她很久沒回家了……」

「那你怎麼會在這裡？」

「有一天，阿嬤在馬路撿紙箱時，不小心跌倒，撞到頭，就這樣……沒了。」

「啊！」

「阿嬤知道人老了，都會離開這世界。但是，阿嬤很想念女兒，想要她帶我回家……沒有家人來領，阿嬤沒辦法離開醫院啊。」

「原來阿嬤在這裡是想找女兒，而醫院那兒又不知道阿嬤的家庭背景，所以聯絡不到她的家人……」

有一個女護士走進電梯裡。

「欸，小弟弟，看看她是不是……」婆婆又要貼近女護士的臉了。

「阿嬤，別那樣做，她是馬來人！」子俠立刻拿起手機放在耳朵旁。

「唔……」

「阿嬤，這樣吧，你告訴我你的一些資料，例如名字、位址、生日日期、家庭背景，還有你女兒的名字……我試一試幫你找。」

「真的嗎？」婆婆露出喜悅的神情。

「我會用我所知道的方法幫你找出女兒。」

「太感謝你了……」婆婆哽咽。

「阿嬤，別這樣……啊，對了，為什麼你貼近他們時，要伸出舌頭來舔他們的臉啊？」

「伸出舌頭？有嗎？阿嬤沒發覺呢！可能是阿嬤老了，舌頭也不聽使喚吧？呵呵……」

「這樣也可以？呵呵……」

子俠向婆婆問清楚資料後，就走出電梯。

「再不出來，人家會以為我腦袋有問題，上上下下那麼多次。」

他回家後，立刻開了一個Facebook的新帳號，在各地方性的專頁發了一個貼文：

有人認識她嗎？有人認識她的家人嗎？

楊如花婆婆在1939年7月14日出生，她的祖籍是福建……地址是……生前在大紅花鎮靠賣紙箱和鋁罐為生，只會講福建話……不幸意外逝世……目前，楊婆婆的遺體在大紅花鎮中央醫院，急尋失聯已久的女兒宋蕙蕎前往醫院辦手續……

「希望阿嬤的女兒會看到……」

子俠點擊「發布」。

想一想

為什麼子俠自認是「黑暗的英雄」呢？

29

一放學，寶兒就趕回家，今早她答應了弟弟們要炒飯給他們當午餐。忙了一個小時，終於搞定了。

她坐著看弟弟們狼吞虎嚥，覺得很有滿足感。

突然，她感覺到震動，便從口袋裡掏出手機。

那是一組陌生號碼發來的訊息：

「豹哥，貿然發訊息給你，不好意思。我是草莓，送你籃球項鍊吊墜的那個女生，希望你還記得。那天你問我的問題，我沒回答，現在我想回答你：喜歡。我想親口告訴你。今天下午四點鐘，我在送項鍊的地方等你。不見不散。」

「草莓？哪一個草莓？啊，籃球吊墜！那個草莓！」

寶兒想起了！

「什麼喜歡？我問了她什麼？她幹嘛答喜歡？還要親口對我說？」

寶兒苦苦思索。

「啊！這一次玩出火了！」

她終於想起那天的事，為了阻止韓斌問她撞到胸部的事，她情急之下找了草莓來做擋箭牌。

「喜歡我？」

那一天她是那樣問草莓的。

「糟了！糟了！糟了！藍寶兒，你看你闖下了什麼禍？」

寶兒怔怔地看著手機，欲哭無淚。

「誰可以救我？」

她用手指轉動籃球吊墜，看看手機顯示的時間：3點45分。

在另一邊，草莓已經在樹下等待了。

「今天我一定要親口對她說。」

好不容易輾轉才拿到寶兒的手機號碼，草莓下定決心，要說出心裡的話。

「她肯接受我的禮物，那一天還在那麼多人面前問我……這表示她也對我有好感……」

草莓的心在怦怦亂跳。

當她還在回憶與寶兒的接觸時，看見寶兒雙手插在口袋裡走過來。

「豹哥，我……」草莓立刻低頭，耳根開始發燙。

「等一下！我有話要對你說。」寶兒打斷她的話。

「啊？」

「這個……還給你。」寶兒從口袋裡掏出籃球吊墜項鍊。

「為什麼……」

「打籃球時不方便戴項鍊。」寶兒胡亂編個藉口。

「唔……」草莓接過項鍊，感覺失望。

「你……送給別人吧。」寶兒的手在空氣揮了一下，感覺很不自在。

「可是……」

「喂！」突然，有人向她們跑了過來。

「啊？」草莓怔了一下。

「嘿……」韓斌站在寶兒旁邊，看看她，再看看草莓，不知發生什麼事。

「你……來啦。」寶兒看著韓斌，語氣很不自然。

「嗯……」韓斌的臉充滿疑問，他盯著寶兒，嘗試從她的表情找出答案。

「時間差不多了，我們……要去看電影了。」寶兒機械化地把手搭在韓斌的肩上。

草莓看著寶兒的手，眼睛瞪得老大。

韓斌完全定格。

寶兒覺得好像不太對勁，馬上把手滑下，牽著韓斌的手，還十指相扣。

韓斌整個人傻了，一動也不動，只是看著寶兒，任由她擺布。

「我……我先走了。」草莓不知所措，逃也似地轉身就走。

寶兒怔怔地看著草莓離開。

「嗯……」韓斌舉高還在相扣的手。

「啊！」寶兒回過神來，立刻甩開他的手。

韓斌看著她，臉上掛著意味深長的微笑。

「謝謝。」寶兒尷尬得要命。

「不客氣。」

「你不問……為什麼？」

韓斌笑著搖頭。

「要說，你自然會說。不說，我也大概明白了。」

「嗯。」

「我們……去看電影嗎？」

「不！不是的，我只是……因為草莓……我……」寶兒突然支支吾吾起來。

「唔……只是因為草莓。」韓斌的臉上抹了一層淡淡的失落。

「很抱歉。」

寶兒有種口是心非的感覺，心裡想：真的只是因為草莓嗎？

「你不想約我……那我約你吧！」韓斌突然冒出一句。

「啊？什麼？」

「你欠我一場電影。」

「啊？」

「我等你。再見。」韓斌露出陽光般的笑容，瀟灑地揮一揮手，走了。

寶兒站在樹下，她摸了摸手掌，好像還感覺到餘溫。

她覺得整顆心滿滿的，歡愉地在跳躍，每一下都那麼的強烈。

這到底是一種怎麼樣的感覺啊？

✦想一想✦

寶兒為什麼願意找韓斌來幫她拒絕曹梅的告白呢？

30

「漢德……漢德……」

子俠又來到叢林。

今天早上，他收到了一個好消息，有人留言說認識楊婆婆的女兒，並通知了她到醫院去辦理楊婆婆的後事。

子俠又完成另一個使命，他迫不及待要和漢德分享。

「漢德……漢……」

子俠聽見枯葉被踩而發出的清脆聲。

「我在這裡。」漢德從叢林裡走出來。

「漢德，我有很重要的事要告訴……」子俠說到一半就打住了。

他看見從叢林裡走出來的不只是漢德，還有其他四個人。

「他們……」子俠看著漢德。

「他們是我的朋友：蜘蛛、蝙蝠、九尾狐、黑貓。」漢德一一向子俠介紹。

四個人的年齡和漢德差不多一樣，大約介於14歲至16歲。

他們的穿著完全沒有青春洋溢的感覺，反而色調深沉，不是黑就是灰或深藍，而且都是長袖子和長褲，並帶有神祕叛逆的感覺。

他們的臉上都沒有笑容，除了身材微胖的九尾狐，臉上一直掛著微笑，眼睛也瞇瞇的。但是，子俠覺得他的笑容讓人很不舒服。

蜘蛛和蝙蝠長得瘦削，而且很相像，因為他們是孿生兄弟。

黑貓是唯一的女生，長得漂亮，一頭及腰的烏黑長髮，看起來很高傲。

「你們好，我是子俠……」子俠有點兒戰戰兢兢。

四個人沒說話，只有九尾狐微笑點頭。

「我不知道你有朋友在……」子俠對漢德說。

「找我有事？」

「對啊，現在方便說嗎？」

「說吧！」

於是，子俠便將他獨自完成四次使命的事一五一十地告訴漢德。

「我覺得，我已經是超級英雄的一份子了，就像你一樣！」

「嗯，很好。」

「接下來，我應該做什麼呢？到處尋找需要幫助的『阿飄』嗎？」

「……」漢德看著子俠，專注地思考。

「怎麼不說話？是不是我做錯了什麼？」子俠緊張。

「你過來。」漢德一手搭在他的肩膀，往其他四人的方向走去。

「啊？」子俠不知道他想幹什麼。

「各位，我要宣布這是陰陽魔法師的新成員——洪子俠。」漢德把子俠帶前一步。

「陰陽魔法師？」子俠大吃一驚。

「漢德……」子俠一頭霧水。

「OK，陰陽魔法師是我們的一個組織，成員全是有天眼的人。我們與眾不同，所以必須互相照應，互相幫助，團結一致，不讓外人欺負。陰陽魔法師的宗旨是：只要有成員被欺負，其他成員就要行俠仗義，暗地裡為他出氣。所有成員必須發誓保密，不能告訴外人有關組織的事。我覺得你的程度已經達標，可以加入我們。除非你不願意？」漢德看著子俠。

「我……」太突然了，子俠有點兒消化不良。

他頓時成了目光的焦點，大家都在等待他的答覆。

「我願意！」一股熱血湧上子俠的胸口。

「歡迎加入。」五人齊聲說，然後拍掌三下，音調及動作都很整齊，好像有練過，但表情依舊冷漠。

「謝……謝。」他搔了搔頭。

「OK，從今天起，你就是陰陽魔法師的一員。我們每一個成員都不叫名字，各有稱號，你的是……」

「陰陽怪俠！」子俠脫口而出。

「陰陽怪俠？這個稱號很酷哦！」九尾狐說。

「是哦？我也這樣認為……呵呵。」子俠難為情。

「哼。」黑貓好像不屑。

「好吧，那你就是陰陽怪俠！」漢德說。

「是！」子俠滿腔的熱血已經沸騰。

「明晚的魔法Show，他也參與？」蝙蝠問。

「不是吧？菜鳥會不會把事情搞砸？」蜘蛛也有意見。

「當初你們剛加入時，也不是從菜鳥開始？呵呵……」九尾狐幫子俠說話。

「對不起，請問什麼是魔法Show？」子俠弱弱地問。

「『魔法Show』就是指任務。順便告訴你，任務裡的目標人物稱為『妖怪』；執行該任務的人就是『魔法師』。」蜘蛛解釋。

「陰陽魔法師裡的成員被欺負時，我們就會策劃『魔法Show』，指派一名『魔法師』懲罰『妖怪』。呵呵……」九尾狐概述。

「為弱小的『兔子』，也就是受害者，懲罰『妖怪』，讓牠們不敢再為非作惡！」

「哦……」子俠覺得很新奇，努力在消化著他們的話。

「你有信心嗎？」漢德問。

「有……」

「那就好。」

「哼。」黑貓撥一撥頭髮，還是發出不屑的聲音。

「明晚11點45分，在這裡集合。」漢德宣布。

「是！」

「散會。」

漢德一說完，眾人就立刻解散，沒有互相道別，動作俐落。子俠還怔在那裡，最後剩下他一個。

四周恢復寂靜，只聽見蟲鳴聲，好像剛才什麼事都沒發生過。

他「啪」一聲用手打在臉上。

「好痛！天底下竟然有『陰陽魔法師』這種組織，而且我還是裡面的成員之一！太酷了！不是在做夢吧？不管了，明晚過來就知道了。」

想一想

陰陽魔法師所策劃的「魔法Show」，用意是為了懲罰欺負組織裡任何一個成員的人。你認為這是一種行俠仗義的表現嗎？

31

第二天晚上，子俠擔心出走太多次，媽媽會懷疑。

於是，他先向媽媽報備說，補習結束後會去找爸爸，叫媽媽不必等他。

「記得把功課做完。」媽媽只說一句話。

晚上7時，補習結束後，他先去爸爸的修車廠。

抵達時，修車廠已經沒顧客，他遠遠地就看見爸爸坐在凳子上休息，一手拿著報紙，一手憐愛地輕撫老爺。

這情景就像爺爺和老爺的相處那樣。

是老爺把爸爸當作爺爺？或是爸爸把老爺當作爺爺？

無論是哪個都好，因為爸爸的臉不再掛著悲傷，這是一件好事。

「爸爸。」

「咦？小俠，你來了。」爸爸微笑。

老爺抬頭看一看子俠，然後繼續趴在地上，好像在思考什麼。

「吃晚餐了嗎？想吃什麼？」

「我想吃海南雞飯！」

「好，走吧！」爸爸放下報紙，低聲和老爺說了幾句話，然後帶子俠去吃晚餐。

不知道是不是心情愉快，子俠的胃口特別好，他還吃了雞肉串燒。

他和爸爸相處，永遠沒壓力。

「媽媽……還好嗎？」

「一樣。」

「一樣？」爸爸苦笑。

子俠傻笑。

「你呢？學校生活很忙碌吧？你就應媽媽的要求，儘量考好一點的成績……不要讓她心煩。」爸爸覺得他已經讓媽媽傷心了，所以希望子俠聽話。

「啊？」子俠沒想到爸爸竟然站在媽媽那一邊。

以往，爸爸都反對媽媽在課業上對他施加壓力；現在，爸爸竟然要他符合媽媽的要求。

「爸，晚了，我要回去做功課。」子俠放下只吃了幾口的雞肉串燒。

「哦，好。路上小心。」

子俠離開了爸爸，他感到異常失望，一路騎到叢林去。

「功課、功課、功課！考試、考試、考試！連爸爸也變了！」

他從腳踏車上跳下來，躺在草地上。

「念書和考試，都是為了他們，完全不是我想要的！為什麼我的生活要由他們安排？為什麼我不能做我想做的事？」

他越想就越覺得心煩氣躁，一股悶氣憋在心口難受，覺得需要做一些事來發洩，便一腳踹倒腳踏車。

「誰惹我們的大少爺生氣了？呵呵……」

那是九尾狐的聲音。

子俠一看，他們五人不知什麼時候已經來了。

「沒……沒什麼。」子俠馬上站起來。

「還有什麼？肯定是因為功課、補習或考試成績被家人念了！」蝙蝠說。

「你……怎麼知道的？」

「我們怎麼知道？哈哈哈哈……」蜘蛛大笑。

「在這裡，除了捕妖獵人（漢德）已經輟學，我們都還是中學生，有誰會比我們更了解學生的煩惱？」

「你們都沒有學業和考試壓力嗎？」子俠問。

「誰說沒有？我們最討厭讀書、補習、考試！大人不斷地要求我們考很多個A，拚命把所有的知識都塞給我們！嘴裡說是為我們的將來好，其實他們只想借我們的好成績來滿足他們的虛榮心，讓他們可以在別人面前炫耀！但是，人的資質並不是都一樣優秀的，像我們根本不是念書的材料，結果考得不好就被責怪，被迫去上一大堆的補習班、做一大堆的習題……開口閉口都是『功課做了沒？考試快到了，溫習了沒？

成績可以好一點嗎？人家李太太的兒子又獲得學業優秀獎了，你拿了什麼回來？』我們只是普通人，不是讀書機器！」蜘蛛激動得劈哩啪啦講了一大堆。

「我們都是人，為何要求我們依照他們的標準來生活？為什麼我們沒有自主權？為什麼那麼不公平？」蝙蝠也忿忿不平。

子俠拚命地點頭，彷彿遇到了知音。

「你幹嘛？被施了點頭魔法嗎？呵呵……」九尾狐問。

「原來你們都和我一樣……我太感動了。」子俠用手帕擦眼淚。

「所以，我們表面聽從他們的話，暗地裡做一些動作，以表示我們的不滿！」漢德說。

「讓他們知道我們受夠了！」

「對，我們不能再逆來順受，要反抗！」子俠也激動起來。

「今晚的行動，你來對了。」九尾狐微笑。

「OK，我們今晚要進行魔法Show！大家都準備好了嗎？」漢德一臉嚴肅。

「準備好了！」眾人齊聲回應，大家的情緒都很激動。

子俠偷瞄黑貓，他看見她的眼睛在黑暗中閃閃發亮，就和貓一樣。

「走！」漢德一聲號令，大夥兒都跟在他的後頭走。子俠不知道他們要到哪裡去，但他也緊跟大隊。

他們六人來到一個住宅區。

「蜘蛛、蝙蝠，你們帶路。」漢德說道。

「好。」孿生兄弟立刻走在最前面。

他們在一所房子前停下。

「就是這間。」蝙蝠指著房子。

子俠仔細一看，那是一棟獨立式大房子，設計裝潢看起來很豪華霸氣，名貴汽車多得連院子都放不下，有兩輛還停放在路旁，一看就知道是富貴人家。

「這是誰的家啊？」子俠問。

「我們一個所謂有錢、有地位的親戚的家！兩夫妻最愛在我們爸爸媽媽前炫耀自己的孩子在國外念大學有多厲害。」蜘蛛說。

「每一次爸爸媽媽聽了他們的話，我們一定遭殃，不但被訓得狗血淋頭，作業、補習也相對地增加！害人精！」蝙蝠咬牙切齒。

「我們知道自己沒他們的孩子聰明，但也不必常常炫耀，這樣會讓我們活得很痛苦。無論我們有多努力，爸爸媽媽還是覺得我們笨，不如他們的孩子！一次又一次，我們受不了了！而且不只我們受害，其他家庭的孩子也因為父母聽了他們的話而下場慘不忍睹！我們要為兔子們討回公道！」蜘蛛累積了很多怨氣。

「今天，我們就給妖怪們一個小小的教訓吧！呵呵……」九尾狐拍拍孿生兄弟的肩膀。

「行動吧！」漢德亮出一把小刀。

「啊？」子俠吃了一驚。

「今天由誰來當魔法師呢？」九尾狐問。

黑貓一把搶過小刀，走到一輛黑色跑車旁，手起刀落，戳下去，再狠刮，動作快速俐落，把四個輪胎都戳爛，她好像不是第一次做這樣的事。

看著輪胎都癟了，名貴跑車沒有了剛才的神氣。

「哈哈，真痛快！黑貓，爽快！」蜘蛛和蝙蝠歡呼。

「哇……」子俠看得熱血沸騰，眼睛都快掉出來了，心裡默默地愛慕黑貓的帥氣。

黑貓用眼角看了他一眼，表情始終冷酷。

「走！」眾人立刻隨著漢德撤離現場。

大家又回到了叢林。

「各位，今晚的魔法Show圓滿結束，陰陽魔法師萬歲！」大家紛紛與其他人擊掌歡呼。

子俠也學他們那樣擊掌，當黑貓的掌心碰到他的手時，他感到無比的緊張與興奮，而且，竟然還感動得想掉眼淚，但他拚命忍住。

「洪子俠，你不要在女生面前丟臉！」這是他內心的O.S。

「OK，陰陽怪俠，你的加入讓我們的組織更強大、更有凝聚力、更有力量了！」漢德說。

「真的嗎？」

「是的，你不再是一個人，我們都成為一體了。呵呵……」

「謝謝大家……」因為被眾人認同，子俠又覺得感動了。

「散會！」

子俠還想說一些感言，漢德已經宣布集會解散。

「啊……」

不到五秒，眾人已經離開叢林。

「這感覺太酷了！好期待下一次的行動！」

子俠還沒從激昂的情緒中抽離出來。

✦想一想✦

子俠和蜘蛛、蝙蝠、九尾狐、黑貓之間有什麼共同點？

32

陰陽魔法師沒讓子俠等太久，幾天後，漢德通知子俠即將展開第二次的魔法Show。

若不是他從房間的視窗看見樓下有黑影，他還不知道漢德就在樓下。

「下一個魔法Show是在黎明時分，地點是在菜市場……」漢德簡短地交待了幾句話後就離開了。

第二天，子俠依照他所通知的時間趕到集合地點。

在這個時刻，小販們正忙碌地準備要售賣的東西，以應付待會兒越來越多的人潮。

他們站在一條可以通往菜市場的小巷裡，這裡鮮少人經過，大部分的人都使用另一條街道去菜市場。

「OK，大家聽著，今天的妖怪是賣蛋的小販。」

「沒問題！我該做些什麼？」

「很簡單，趁他沒留意時，把蛋弄倒在地上。」

「啊？為什麼要這樣做？」子俠不明白。

「呵呵，沒什麼。那天，我的心情不太好，不想上學，於是到購物中心的遊樂場打發時間，他看見了就向我老爸打小報告。」九尾狐說。

「你蹺課？」

「呵呵，小事而已。但是我老爸知道後，我就被教訓了，心裡不舒服，所以就想小小地發洩一下。」

「有成員受委屈了，這是陰陽魔法師所不能容忍的事。」漢德說。

「是……」子俠覺得漢德的話很有道理。

「這一次的魔法Show由……」漢德環視眾人。

「我們來當魔法師！」蜘蛛和蝙蝠義不容辭。

「我假裝要買雞蛋，纏著妖怪……」蜘蛛說。

「我就趁妖怪沒注意時，弄倒雞蛋！」蝙蝠馬上接腔。

「然後我們趁混亂時溜走！」

「太好了！」

「蜘蛛、蝙蝠，這一次的魔法Show就交給你們了。」九尾狐拍拍他們的肩膀。

「沒問題！」

「OK，人潮多了，是時候了。」漢德說，「好好表演！」

蜘蛛和蝙蝠混入人潮，一前一後，慢慢地往蛋攤的方向移動。

子俠與其他人在不遠處觀望。

只見蜘蛛走到賣蛋老闆的面前，比手劃腳，要他從攤子下面拿東西。

蛋攤前人擠人，當賣蛋老闆蹲下時，蝙蝠快速地走過蛋攤，悄悄地伸出一隻手往疊得高高的雞蛋一掃……

啪！

「哇！」經過蛋攤的一個大嬸大喊並閃開。

空氣中瞬間布滿了雞蛋的強烈氣味。

當賣蛋老闆聞聲站起時，蝙蝠已經混入人群裡逃走了。

「哎呀，我的雞蛋！」

「不是我打爛的！我碰也沒碰過！」大嬸急忙澄清。

蜘蛛也趁混亂時離開。

兩人回到剛才集合的地方。

子俠看得熱血沸騰，剛要對他們說些讚美的話，卻聽見漢德說，「走！」

他們快速地離開菜市場，回到叢林。

「各位，今天的魔法Show圓滿結束，陰陽魔法師萬歲！」漢德宣布。

大家如上一次那樣與其他人擊掌歡呼，子俠不再呆站，他也主動地與成員們擊掌歡呼。

擊掌環節象徵任務的成功，也表示陰陽魔法師的力量更強大，這讓他感到異常興奮，特別是與黑貓擊掌的時候。

「可能我只是個菜鳥，所以她不屑和我交流，畢竟我連一次的魔法Show都沒執行過……」

擊掌是子俠與黑貓唯一有接觸的時刻，每一次的擊掌，讓子俠覺得他與她的距離拉近了一些。

他的心裡不知什麼時候開始竟然有一個願望，那就是想要與黑貓的距離拉近，甚至同一層次。

「陰陽怪俠，感覺如何？」漢德問。

「太棒了！」子俠由衷地回答。

「呵呵……」

「如果下一次的魔法Show能讓我演出，那就太好了！」為了更接近黑貓，子俠竟然主動提出這樣的要求，想要表現自己。

聽見子俠的話，對四周冷漠的黑貓有四分之一秒怔了一下。

「好樣的！我欣賞你的膽識！」蝙蝠說。

「兄弟，不錯哦！」蜘蛛也豎起拇指。

「呵呵……」九尾狐還是只笑不語。

「有機會的。」漢德點點頭。

「真的嗎？我……」子俠還想繼續問。

「散會！」漢德宣布。

眾人立即離開叢林，子俠也習慣了他們的節奏，跟著離開。

「好精彩的清晨！說不定，下一次就到我執行魔法Show了！我一定要好好表現！」

有了目標和希望，子俠覺得他的生活變得更充實了。

想一想

子俠主動要求執行魔法Show，除了想拉近自己與黑貓之間的距離，同時也想表達什麼決心呢？

33

「快跑！」

子俠拉著黑貓的手，不停地往前跑。

他回頭一望，賣蛋老闆快追上來了！

「你們別跑，被我逮到，你們就死定了！」賣蛋老闆咬牙切齒。

「這裡！」

子俠拐彎時，把黑貓拉進一條小巷裡，賣蛋老闆繼續往大路追去，沒發現他們換了路線。

黑貓見賣蛋老闆沒追上來，便拉住子俠停下來喘氣。

「為什麼我們又去打爛他的蛋？之前不是已經教訓他了嗎？」子俠問。

「呸！他這種妖怪，一次的教訓怎麼夠？」黑貓翻白眼。

「唔……」

「剛才……謝了。若不是你，我可能就落在妖怪的手裡了。」黑貓盯著子俠，兩人的距離很近。

「沒……沒什麼。」子俠沒想過會出現這樣的情景，心跳很快。

「咯咯咯！咯咯咯！」黑貓的嘴裡突然發出怪異的聲音。

「你在說什麼？我聽不懂……」子俠覺得很奇怪。

咯咯咯！咯咯咯！

「我真的聽不懂……」

「你當然聽不懂！睡著了，怎麼聽得懂我在教什麼？」

「哈哈哈哈！哈哈哈哈！」

突然，一陣爆笑聲傳入子俠的耳裡。

他一睜開眼睛就看見Mr. Chong站在他的面前！

自從加入了陰陽魔法師，子俠常常在半夜溜出去和成員們見面，結果睡眠不足。

「啊，Mr. Chong！」子俠整個人馬上醒了，猛地站了起來，差點兒推倒了桌子，發出很大的聲響。

「哈哈哈哈！哈哈哈哈！」又是一陣爆笑。

「大家安靜！」Mr. Chong一臉不悅，轉身對子俠說，「睡夠了？」

「對……對不起，Mr. Chong。」

「你是不是認為上一次的考試考得很好，所以接下來的課都不必聽了？或者是對你來說太簡單了，所以在上課時睡覺來打發時間？」

「我……」子俠低著頭，緊握手帕。

「既然是這樣，那麼我要你在下個月的數學考試裡，成績要和上一次的一樣……」

「Mr. Chong，你這樣太看不起他了，至少要求他考到90分啊，不然他可會生氣呢！」高才聖竟然落井下石。

「對！對！」他的同黨推波助瀾。

「哦，是嗎？那就至少考個90分給我看，證明你即使不必聽課，也會考得很好。如果達不到要求，那麼我就要和你的家長聊一聊了。」

「啊……」子俠晴天霹靂。

上一次為了打賭的事已經搞到壓力很大，現在又來一次？還要比上一次的分數高？

「坐下繼續上課！」Mr. Chong繼續教課。

「為什麼要這樣？」子俠重重地坐在椅子上，心裡覺得很抗拒，甚至憤怒，拳頭握得緊緊的。

Mr. Chong接下來說的課，子俠完全聽不進耳。

好不容易等到數學課結束，Mr. Chong走出教室。

「哇，高才聖，你很絕咧！紫霞妹妹又有難了！」狗仔豪誇張地大叫。

「哼！你操什麼心？紫霞妹妹會向他的『男朋友』求助的，她上一次救過他啊，再幫一次，對她來說沒什麼難度，而且她應該很樂意！」高才聖冷言冷語。

「高招！那我們又有好戲看囉！哈哈！」狗仔豪奉承地乾笑。

從剛才到現在，寶兒的表情看起來都很冷漠，好像一切都與她無關。

放學鈴聲一響，她立刻趕在前頭走出校門，到達巴士候車站才停下腳步。

這是子俠回家的必經之路。

沒一會兒，子俠騎著腳踏車來了，寶兒站在路旁等他停下。

但是，他好像完全沒發覺寶兒的存在，眉頭緊鎖。

「喂！」寶兒看他的速度好像完全沒要停下來的意思，急忙伸出一條腿擋著他的腳踏車。

「啊！」子俠緊急煞車，差點兒失去平衡，回過神來，豹哥？」

「嗯。」

「有什麼事嗎？」

寶兒示意他進去巴士候車站裡面坐下。

子俠一坐下，寶兒開門見山問道，「你搞什麼？」

「什麼？」

「上課睡覺。」

「哦。」

「嗯？」

「沒什麼。」子俠不像平時那樣嬉皮笑臉。

「沒什麼的話會那麼累？」

「都說沒什麼了！」

寶兒沒想到他的反應會那麼大。

「好。依你的水準，90分，不容易。」寶兒替他擔憂。

「是，我沒你聰明，80分已經是極限，90分根本是天方夜譚！」子俠突然激動起來。

「我不是這個意思。」

「連你也覺得我不行！」子俠說完就騎上腳踏車。

寶兒心裡著急，但不知該說什麼。

「總之，我自己會解決，不會帶給你麻煩。」子俠拋下一句話，頭也不回地離開了。

寶兒一臉錯愕。

「我只是想要幫你，你不是麻煩，你是我的朋友……」

她好想告訴子俠這些話，但是，他已經走遠了。

想一想

Mr. Chong要求子俠在下一個數學考試中考取90分的成績，他為什麼覺得抗拒和憤怒？

34

放學後去補習中心，直到晚上回到家裡，子俠的情緒一直不能平復，而且還越想就越不甘心。

「高才聖太過分了！如果不是他，Mr. Chong就不會要求我考90分以上！都是他的錯！我要讓陰陽魔法師知道，為我出一口氣！」

他想到這裡，便決定立刻去叢林。

他躡手躡腳地走下樓，再輕輕地打開大門。

正當他走出屋外時，發現有個黑影站在外面！

「啊！你怎麼會在這裡？」

「我特意來找你的。」漢德把子俠拉到較陰暗的地方。

「真巧！我正想要去找你！」

「聽清楚，有新的魔法Show。」

「新魔法Show？其他成員呢？只有我們兩個？妖怪是誰？兔子是誰？魔法師是誰？」子俠張望。

「OK，事情是這樣的：黑貓上課的補習中心裡，有一個老師經常看不起普通學

校的學生，認為他們的水準怎麼都不比名校的學生高，所以成績不好，還出言侮辱他們，說他們來補習是浪費他的時間。昨天，他對黑貓說：『補習補了那麼久，成績才剛好及格，在外頭千萬別告訴別人你是我的學生，你不要面子，我可不想丟臉！』」漢德一臉嚴肅。

「那是哪一家補習中心啊？」

「A霸王。」

「啊，我也曾在A霸王補習！我也聽說過那個狗眼看人低的老師，但沒上過他的課。因為他之前教出來的學生獲得很多A，才造成他那麼囂張！」

「嗯。」

「他怎麼可以這樣說話？太過分了！」聽到黑貓受委屈，子俠心中的怒火立刻上升。

「是。黑貓描述時，看得出她很生氣，她的嘴唇在顫抖。」

「啊……」子俠覺得心疼，我們要怎麼幫她？」

「OK，這一次的魔法Show比較特別，每一個人都將會是魔法師。這個你拿著，裡面寫了一組電話號碼。每一位魔法師在午夜過後，分別撥打這電話號碼，但別發出聲音，對方一接電話，你馬上掛斷。」漢德把一張小紙條交給子俠。

「電話騷擾？」

「是。」

「每一天要撥多少次？」

「每一位魔法師分別撥五次。」

「持續多久呢？」

「兩個星期。」

「好，沒問題！我一定會好好地演出這一場魔法Show！」為了黑貓，子俠赴湯蹈火也在所不惜。

「陰陽魔法師要妖怪知道，我們不是好欺負的。」

「對！」子俠慷慨激昂。

「對了，剛才你說想要找我……」

「啊，是！今天在學校的時候……」子俠一聽見黑貓被欺負，連自己的事都忘了，一經漢德問起，立刻滔滔不絕地向他傾訴。

「是這樣啊……」漢德在思考。

「陰陽魔法師一定要幫我出這一口氣，要不然，他會越來越過分！我真的受不了了！」一想起高才聖，子俠的拳頭就緊緊地握著。

「OK，讓我回去想一想該怎麼做。你放心，陰陽魔法師不會讓你再受委屈的。」

「真的？太好了！」

「你先演好這一場魔法Show，我會再找你。」漢德指了指紙條。

說完，他頭也不回地走了。

子俠看著他的背影消失在黑暗中，他才進屋裡去。

當他一打開大門……

「啊！」

一個人影站在他的面前！

「那麼晚了，怎麼還在屋外？」原來是媽媽。

「我……我突然想起腳踏車有點兒問題，所以下來看看。」子俠迅速把紙條藏在口袋裡。

「沒事了就快去睡，明天還要上學。」幸好媽媽沒懷疑。

「哦。」子俠趕緊上樓。

一進到房間，他立刻鎖上房門，掏出口袋裡的紙條，再看了看牆上的掛鐘。

時間剛好是午夜12點。

「噔噔噔……魔法Show開始囉！」

他拿著手機，一個鍵接一個鍵地按下。

嘟嘟……嘟嘟……

「哈哈哈哈，妖怪，接受懲罰吧！哈哈哈哈！」

想一想

子俠感覺委屈時，立即希望陰陽魔法師們可以執行魔法Show替他出一口氣。你覺得這樣的求助方式正確嗎？這種方法是否真的能為子俠帶來幫助呢？

35

啪！啪！啪！

子俠的右手緊握剪刀，剪刀嘴朝下，一下又一下用力地往枕頭戳，直到裡面的人造纖維都掉出來，整個枕頭遍體鱗傷為止。

他的腦海不斷地重播今天早上高才聖說的話。

「紫霞妹妹，這一次的考試，你的『男朋友』教了你什麼應戰策略？不要那麼吝嗇，說來聽聽啊！」

「其實，我很佩服藍寶兒，她簡直是神仙，可以讓資質那麼『不高』的你考到80多分，她到底施了什麼魔法啊？」

「對了，聽說為了上一次的考試，你們朝夕相對，她還常到你家去呢！」

「沒有她，我看啊，你要及格都不容易！哈哈哈哈……」

高才聖的話就像鞭炮那樣劈哩啪啦地燃放，子俠的頭快被炸開了。

他用力地甩頭，想要把高才聖的影子甩掉，但是無論如何也甩不掉，於是忍不住再拿起剪刀用力地戳枕頭，他極度需要發洩！

「你的成績好是你的事，為何要逼我和你一樣考高分？為什麼要這樣害我？都是你！全都是你的錯！」

一連戳了二十多下，他終於停手，喘氣。

「漢德說陰陽魔法師會有安排，可是已經一個星期了，都沒有任何消息……不行，我要去找他們！」

子俠在心裡作了決定，立刻拿了一個大背包，把枕頭的「屍骸」都塞進背包裡，以免被媽媽發現。

清理好後，他直奔叢林。

「啊！」

一到達平時集合的地點，子俠吃了一驚。

「你們……」他發現大家都在，而且好像都知道他會來，在等待他。

「OK，人齊了。我們可以出發了。」漢德說。

「出發？」子俠的心裡有很多疑問，但來不及說出口，因為他必須跟隨大家前進。

漢德帶領他們來到A霸王補習中心樓下。

「A霸王？黑貓的魔法Show？」子俠問「我們不是正在懲罰著妖怪嗎？我每一天都有準時撥打騷擾電話。」

「不是。」黑貓竟然回答他的提問，子俠覺得驚喜。

「這是你的魔法Show啊，兄弟！」蝙蝠笑。

「我的魔法Show？」子俠一頭霧水。

「OK，A霸王補習中心在每一個星期五晚上，都會有一個叫什麼『高階重訓特別班』，只收成績已經很好但還要更好的優等生。補習中心還向家長保證，參加特別班的學生肯定會考獲全A。所以，很多父母把他們的資優生孩子送來上課。」

「嗯……」子俠有聽過這個特別班，媽媽也很想送他去上課，但因為成績不夠好，不符合條件，所以作罷。

媽媽還為了這事情而責怪他。

「你的同學高才聖也加入了這個特別班。呵呵……」

「啊！」經九尾狐的補充，子俠才恍然大悟「所以，今晚是我的魔法Show，妖怪是高才聖，那麼魔法師是……」

「我們讓你來選！」漢德說。

「我……我想要自己來！」手帕被子俠的手緊緊地握著。

他心中的怒氣還在燃燒，現在有機會發洩，他不想錯過。更何況，他可以借此魔法Show表現給黑貓看。

「你自己來？」蜘蛛錯愕。

「嗯，今晚的魔法Show就由你來當魔法師。」漢德說。

「太好了！」子俠的情緒高漲。

「OK，還有五分鐘，妖怪就會下來。他步行回家，然後會繞進一條小巷裡走捷徑。那裡沒路燈，光線陰暗，也沒什麼人經過。魔法師就在小巷裡下手。」

「我要對他做些什麼呢？」

「這個給你。」九尾狐拿出一個黑色大袋子。

「你就這樣……」漢德仔細地教導子俠。

子俠激動得用力點頭，恨不得立刻就執行任務，他的心情是興奮的。

沒一會兒，高才聖下樓了。

他的精神看起來不是很好，哈欠連連，可能是補習時間太長，一天下來已經疲憊不堪。

這樣的狀況對魔法師有利，因為高才聖完全沒察覺有人在跟蹤他。

果然，高才聖繞進一條小巷裡了。

「就是現在了！」漢德輕推子俠。

子俠放輕腳步走上前。

正當高才聖發覺身後好像有人時，子俠已經用袋子從他的頭套下，直到他的腰部。

「啊！」

高才聖驚慌得大叫一聲，雙手亂揮，想要掙脫，但子俠用力拉著袋子邊沿，不讓他出來。

高才聖失去平衡，跌在地上，不斷地哀叫，聲音充滿恐懼。

打。

聽見他害怕的聲音，子俠覺得快感倍增，他的拳頭毫不留情地往他的頭和身上不知過了多久，子俠覺得有人把他拉起來，他不停地跑、不停地跑。

當他回過神時，發覺已經身在叢林裡。

他的耳朵嗡嗡作響，腦袋不太清醒，他看見大夥兒擊掌歡呼，漢德和蜘蛛好像說了一些讚揚的話，黑貓看了他幾秒，九尾狐還是在呵呵呵……

當子俠的腦袋恢復正常操作時，他發現自己已經在房間裡了，剛才發生的一切就像一場夢。

「這是真的嗎？我竟然打了高才聖？」

隱隱作痛的拳頭告訴他那不是夢境。

他好像耗盡了所有的力氣，累得倒在床上，想要從口袋裡掏出手帕來抹汗的手也無力地癱在床上，一會兒就呼呼大睡了。

在小巷裡的高才聖感覺恐懼和疼痛，當四周終於恢復平靜時，他才敢脫掉袋子。

他坐在地上抽泣，雙手在地上盲目地摸索，嘗試在黑暗裡找尋他的背包。

但是，他卻摸到了一個不屬於他的東西。

想一想

高才聖在小巷裡找到了一個不屬於他的東西。猜一猜，那會是什麼呢？

36

星期一。

子俠的心裡有點兒忐忑，他不知道那一天晚上高才聖有沒有發現他。

他吸一口氣，走入教室。

當他坐在自己的位子上時，悄悄地往高才聖的方向看去。

他正埋頭在參考書裡，聚精會神。

子俠看見他的臉頰有淤血的痕跡，今天還穿了長袖制服。

「高才聖，你的臉……」狗仔豪像發現新大陸，還彎下腰詳細地察看「破相了！」

子俠一怔。

「怎麼會這樣？」其他的同學也好奇。

「沒什麼，不小心撞到了。」高才聖的語氣很平靜。

「沒事沒事，過幾天就好。你一定是太專心在想習題的解答方法，才會恍神撞到東西的。天才就是這樣，腦袋沒一秒鐘閒著。」狗仔豪的奉承讓人感到噁心。

「哼。」高才聖沒再說什麼。

子俠呼了一口氣。

「別緊張，他應該沒發現是我。」

今天的高才聖顯得特別少話，更沒有揶揄子俠。

「哈，吃了拳頭才會學乖！我陰陽怪俠已經不是以前懦弱的紫霞妹妹，我有陰陽魔法師的幫助，誰敢欺負我，就給誰好看！」

子俠按捺不住心中的喜悅，他覺得自己已經脫胎換骨。

放學後，他迫不及待地往叢林奔去，他要向他們報告高才聖的事，讓他們驗收魔法Show的成績。

「你們都來了！」

子俠覺得他們好像能預知他的來臨，總會聚在叢林裡等他。

他一邊喘息，一邊滔滔不絕地報告，還加上自己自信滿滿的感想。

「經過好幾次的測試，你踴躍參與陰陽魔法師的任務。恭喜你，你已經是合格的成員，而且還是個很棒的魔法師。」漢德說。

「你不再是『菜鳥』了喲！」蜘蛛怪叫。

「哈哈！」蝙蝠也替他高興。

「恭喜陰陽怪俠。呵呵……」九尾狐拍了拍他的肩膀。

他坦然地接受大家的祝賀，不由自主地往黑貓看去。

黑貓接觸到他的目光，輕輕地點頭，沒說什麼。

這一個點頭對他來說已經足夠了，甚至更勝於其他夥伴的祝賀。

「洪子俠，你怎麼可以這樣想？你的眼中只有黑貓嗎？其他人都不存在了嗎？」子俠為自己的想法感到難為情。

「你現在相信自己的能力了吧？知道自己真的是與眾不同了？」漢德問。

「是的，陰陽魔法師讓我找回了自我！」子俠滿腔熱血。

「很好。」

「但是……」子俠想到一個問題，開始洩氣。

「怎麼了？」

「唉，下個月的數學考試……我一定沒辦法得到90分。到時候，如果Mr. Chong見媽媽的話，我肯定完蛋了！」

「我還以為是什麼大問題！」蜘蛛誇張地說。

「對啊！」蝙蝠附和。

「你們有解決方法？」子俠充滿期待。

「方法很簡單，而且你不必苦讀死背，輕輕鬆鬆就能考到高分！」

「方法只有兩個字：作弊！」

「作弊？這怎麼可以？」子俠揮手搖頭。

「有什麼不可以？要好成績的不是我們，是那些大人，他們只要看成績，我們就做給他們看啊！他們沒理會我們為了A活得多辛苦，那也別理會我們用什麼方法得

A！」蜘蛛說。

「有了A，他們開心，我們也樂得耳根清靜。呵呵……」

「是的，有了A，Mr. Chong不會要求見媽媽，媽媽不會傷心失望，我不會被媽媽責怪，媽媽不會再加重我的課業負擔，媽媽會開心，爸爸也會回來住……」子俠仔細思考。

「對啊，你的爸爸媽媽會開心哦！」蝙蝠慫恿。

「不要想那麼多啦，就用這個方法吧！」

「不要理會你的朋友怎麼勸你，他們說得輕鬆，成績好當然不必用這方法，你有你自己的方式。大人只是要看成績，你開夜車苦讀，盡了全力只能考到B，他們還怪你沒努力！」

「你們……都曾經作弊？」子俠看著他們。

大家都點頭，黑貓也一樣。

「沒什麼大不了的。」漢德看著遠方。

「好！」子俠在心裡作了決定。

想一想

你是否贊成陰陽魔法師們慫恿子俠考試作弊的做法？使用不正當的方法考取好成績，這樣做對嗎？

37

子俠交上試卷。

「洪子俠，怎麼樣？有信心嗎？」Mr. Chong 接過他的試卷，問道。

「應該沒問題。」子俠回答。

「嗯，那天你在走廊要向我借的參考書，我叫你自己去我的桌上找，有找到吧？」Mr. Chong 問。

「有……我明天還給你。」

「嗯，希望那本書可以幫到你。這樣的學習態度很好，要繼續。」Mr. Chong 鼓勵他。

子俠轉身，看見寶兒站在他的後面，準備交試卷。

兩人的眼神沒交流，就像陌生人。

高才聖看似不經意地看了他一眼。

子俠鬆了一口氣，最後一節課了，他收拾書包準備回家。

一回到家，媽媽告訴他寶兒來了。

「豹哥？她在哪裡？」子俠突然慌了起來。

「在你的房間啊，像平時那樣。」媽媽覺得子俠問得奇怪。

「啊！」子俠立刻要上樓去。

「等一下，你今天的考試如何？」媽媽問。

「我都會答。」子俠三步作兩步地爬上樓。

「豹哥！」他用力推開房門。

太遲了！

寶兒坐在書桌前，手上拿著幾張紙。

紙上的是黑白圖像，像素不太清晰，而且比較陰暗。

「你怎麼可以擅自看我的東西？」子俠關好門，緊張地從寶兒的手上奪過那幾張紙。

「這是什麼？」寶兒臉色一沉。

「什麼是什麼？」

「拍照、列印、找答案、考試……」寶兒在組織片斷的線索。

「我不知道你在說什麼。」子俠把紙揉成一團。

「我明白了。假借書，真偷拍。」寶兒想起之前她聽見子俠與Mr. Chong的對話，頓時恍然大悟。

「什麼真真假假的，你明白，我完全不明白！」

「你——作——弊。」寶兒不敢相信地指著皺成一團的紙。

「你別管我！」

「明天，你去自首。」

「我叫你別管我，聽見了嗎？」

「明天。一定要。」寶兒不讓步。

她見子俠的態度如此，不想再多說，於是就拎起她的背包開門走出去。

啪！

房間裡恢復平靜。

但是，子俠的心一點兒也不平靜。

「我的事，不需要你來管！」

✦想一想✦

子俠的作弊證據被寶兒發現後，他表現出什麼態度？

38

第二天。

剛考了科學，現在子俠埋頭在英語試卷裡。

鈴——

「時間到，停筆，把試卷交上來。」老師說道。

同學們在一陣騷動中，紛紛交上了試卷。

考完英語試卷後，剛好是休息時間。

寶兒不理會同學們詫異的眼神，拉著子俠的手臂走出教室，一直走到校園一角的「閱讀亭」才停下。

這亭子被設計成一個閱讀角落，中間有個書架，放了許多書讓學生們可以「停下閱讀」。

「說了沒？」寶兒劈頭就問。

「說什麼？」子俠吊兒郎當的，一屁股坐在石凳上。

「別裝蒜。」

「我真的不知道你在問什麼。」子俠打了一個哈欠。

「作弊，自首。」

「你別亂說哦。你是不是怕我的成績比你好，所以誣衊我？」

「假借書，真偷拍。」

「沒錯，我是趁Mr. Chong不在辦公室時，去他的桌上偷拍試卷回家列印出來做！那又怎樣？」

「你終於承認了。」

「如果我不這樣做，我能考到90分嗎？及格都有問題吧？你是天才，你考試不費吹灰之力就可以過關，但是我不能，無論我多努力，只能達到及格而已！你們這些人，明白我的感受嗎？你們拚命追求高分數，結果我們的父母也要我們向你們看齊，考高分，最後呢？是你們害了我們，生活就像地獄，只有高分數才能得到老師和父母的歡心，要不然什麼都不是！我作弊，還不是你們這些高材生逼出來的？」

「你……我可以幫你補習。」

「不！我不必再靠你了！我自己可以解決！」子俠不耐煩地站起來「說完了嗎？說完的話，我要回去教室了。」

寶兒怔在那裡，不知道要說什麼。

「還有，請你不要再管我的事了。謝謝。」子俠說完就走了。

寶兒沒有隨著他離開，她呆坐在亭子裡，不斷地想著子俠的話。

「我之前不應該和高才聖打賭，把子俠牽涉在內……分數的競爭，那是多麼無聊的事啊！我傷害了他，因為我的好勝，因為我沉不住氣……」

寶兒沒想到，當時的一個賭注會對子俠產生那麼大的影響。

她覺得懊悔極了。

想一想

當初寶兒與高才聖之間的打賭，其實對子俠帶來了什麼影響？

39

「程豪。」

「黃曉鳴。」

「楊影。」

「劉德滑。」

Mr. Chong在派發數學試卷，一個一個地念出學生的名字。

如大家所料，高才聖和寶兒獲得最高分。

高才聖今天異常冷靜，對他的高分數沒什麼感覺。

子俠很緊張，但他有把握一定會得到90分以上。

Mr. Chong手上的試卷派完了，子俠的名字還是沒被念到。

「Mr. Chong，洪子俠沒拿到試卷！」嗅覺敏銳的狗仔豪很快就發現了，其實他也在期待著子俠的成績。

「嗯，洪子俠，放學後來找我。」Mr. Chong說完就拍拍手，「好，我們來討論這份試卷，很多同學都在第18道題目犯了同樣的錯誤……」

一些同學在竊竊私語，子俠的心裡很不安。

「Mr. Chong是不是發現了？不可能，我沒拿走試卷。除非……」他的視線往寶兒的位子看去。

寶兒若有所思，沒專心看Mr. Chong在黑板上的演算，也沒注意到子俠在看著她。

「沒專心聽課，沒付出什麼努力，就可以得到最高分！態度還要那麼踐！這世界真不公平！」

子俠對寶兒越來越反感。

放學了。

子俠忐忑不安地走入辦公室裡找Mr. Chong。

「Mr. Chong。」

「嗯，你坐在這裡。」Mr. Chong的視線離開電腦螢幕，指著他對面的位子，該位子的老師已經回家了。

「哦。」子俠按照他的吩咐坐下。

「做完這一份試卷。」Mr. Chong把一份試卷放在子俠的面前，上面全是Mr. Chong的字跡，那是他親筆擬的。

「啊？為什麼？」子俠詫異。

「算是補考。你先做完，我再告訴你。」

「可是……」

「現在開始計時，40分鐘內要完成。」Mr. Chong很堅持，他叩一叩手錶，不理子俠，繼續埋頭在電腦前。

子俠無可奈何，只好趕緊打開試卷，爭取時間。

他翻看試卷裡的考題，好像似曾相識，又覺得好像不太一樣。

他心慌意亂，手心不斷冒汗，絞盡腦汁想要解答所有考題。

四十分鐘很快就過去了。

「好了，停筆。」

子俠一臉茫然地看著Mr. Chong取走試卷。

Mr. Chong開始批改，只見他的眉頭越鎖越緊，臉色也越來越難看。

子俠的身體僵硬，就像正在等待宣判罪行的犯人，紅筆劃出的每一劃，都像刀子那樣劃過他的心臟。

終於，Mr. Chong批改完畢。

「你過來。」他示意子俠站到他的座位旁。

子俠戰戰兢兢地走過去。

他看見試卷上寫的分數……38分！

Mr. Chong拿出之前沒派發給子俠的試卷，並排在一起，一份96分，另一份38分。

「我想聽你解釋。」

「剛才的考題……我都沒學過！」子俠狡辯。

「如果真正會解答的人，一看就知道這一份新試卷的題目全是演變自前一份試卷，範圍一樣，只是出題方式不一樣。」

「這……」

「如果你真的靠自己的實力解答前一份試卷，那麼新試卷的題目，你不可能只得38分。除非……」

「除非什麼？」

「洪子俠，老師收到報告說你作弊。但是，我不能貿然相信對方的話，因此決定給你一個機會補考。若兩份試卷的分數不相上下，那就表示你沒作弊。但是，事實擺在眼前，你甚至說新試卷的考題不在學習範圍內，由此可見，你真的是作弊！」

子俠低著頭看著桌上的試卷，整張臉漲紅，拳頭緊握。

「我會記你一次大過，另外，我會讓家長知道這件事。」

「啊！」這是子俠最擔心的事。

「你可以回家了。」Mr. Chong轉身對著電腦螢幕。

子俠走出辦公室，重重地一拳捶在走廊的柱子上。

「一定是她！一定是她！這件事只有她一個人知道！」

想一想

Mr. Chong透過讓子俠重考的方式來證明他是否有作弊，這樣的驗證方法是否正確？

40

「洪子俠，過來。」

一進屋裡就看見媽媽鐵青著臉坐在沙發上，他就知道Mr. Chong已經聯絡媽媽了。

「我看你已經不必再上學了。學校教的，你不會；學校沒教的，你倒厲害了。作弊？你的哥哥姐姐從來沒做過這樣丟臉的事，你的本事可大了，以後要我怎麼在別人面前抬起頭？」媽媽一字一字地說道。

子俠知道說什麼也沒用，只能忍受媽媽的嘲諷。

「你這一份禮物，可真的夠大。讓親戚、朋友、同事知道大學教授的兒子作弊後，我可出名了。哼，我真的要感謝你呢。」媽媽冷笑。

「為什麼你不問我為何要這樣做？」子俠小聲地說。

「有話就大聲說，不要輕聲細語地像個小女孩那樣。看你平時軟弱得像個女生，原來大膽得連欺騙老師的事都敢做。你還有前途嗎？我看，你沒希望了。」

「……」

「我一看到你就頭疼，請你趕快消失在我的視線範圍內。」媽媽斜著頭按摩太陽穴，閉上雙眼。

媽媽的反應傷透了他的心，子俠強忍著淚水，快步上樓回去他的房間。

到了半夜，他來到了叢林。

他從腳踏車上跳下來，任由腳踏車倒在地上。

他衝到一棵樹前，奮力地對樹幹拳打腳踢，發洩心中的怒氣。

當他發洩完畢，一轉身就看見漢德一夥人都來了。

「我……」子俠想說話。

「我們都知道了。」漢德說。

「為什麼她要這樣對我？我們是好朋友……」子俠洩氣地跌坐在草地上。

「好朋友？哼！她有當你是好朋友嗎？好朋友會陷害你的嗎？」蝙蝠不屑。

「很明顯，她嫉妒啊！她不想要你的成績比她好。」蜘蛛說。

「事情只有她一個人知道，不是她告密，還會是誰？呵呵……」

「還想那麼多幹嘛？乾脆絕交吧！」蜘蛛說。

「只是絕交，未免太便宜她了吧？應該來個……」

「以牙還牙。」黑貓說話了。

「沒錯！」其他人附和。

「啊？」子俠驚訝地看著她。

「讓她知道，你不是好欺負的！」蝙蝠說。

「OK，我問你，你想給她一個教訓嗎？如果你想，那麼我們就會幫你。」漢德看

著子俠。

「既然她那麼狠心陷害我，沒把我當作好朋友，那我也不必留戀什麼友情了！」子俠激動得眼冒紅絲。

「她讓你在那麼多人面前丟臉，那你也要讓她體驗這種感受嘛。嘻嘻！」蜘蛛竊笑。

「對啊。呵呵……」

「讓她付出代價！」

「好，就讓她體驗一下我的感受！」子俠的心情澎湃，他知道陰陽魔法師一定會幫他出這一口氣。

想一想

子俠為什麼能輕易地受到陰陽魔法師們的慫恿而打算教訓寶兒呢？

41

在校園裡，一群初中女生吱吱喳喳的。

「喂，你們有看到嗎？」

「看到什麼？」

「關於豹哥的事，有人在Facebook『爆料』，說豹哥是『蕾絲邊』呢！」

「什麼是『蕾絲邊』啊？」

「『蕾絲邊』就是女生愛女生啊！你真爛，連這個也不知道？」

「哇，那麼她真的是喜歡女生？」

「我知道很多女生喜歡她，但她從來沒表示過喜歡女生……」

「現在就證實了啊！那個『爆料人』說，她從小就不穿裙子，喜歡做男生打扮，混男生玩。還說她女兒身，男兒心，是不折不扣的男生！」

「『爆料人』說了很多她的生活細節，他應該是和豹哥很熟，所以真實度滿高的呢！」

「我相信是真的！」

「我也相信，因為豹哥真的比男生還帥！皮膚又好，嘻嘻……」

「我不喜歡女生，萬一豹哥喜歡我，怎麼辦？」

「哇，依你的姿色，豹哥是不會看上你的啦！你想太多了，哈哈！」

「……」

校園裡突然流言滿天飛，謠傳寶兒是同性戀，而且越傳越盛，幾乎每一個學生都知道了。

寶兒揮灑了一身汗，坐在籃球場上休息。

剛才韓斌騎著摩托車，把她載到滿遠的一個體育館。他說，那兒的室內籃球場很棒，一定要去打幾場。

寶兒知道韓斌的心意，他想要她轉移注意力。

但是，寶兒的心裡還是納悶，不知道是誰散播的謠言。

「你是『蕾絲邊』？」韓斌問。

「你相信嗎？」

「不。」韓斌意味深長地笑，「我知道你不是。」

「哦。」寶兒沒問他為何那麼肯定。

「你要堅強，勇敢去面對這些謠言。清者自清，知道嗎？」

「嗯。」

「會是惡作劇嗎？是不是你平時的樣子太跩，讓人看不順眼，所以被惡整了？」

韓斌笑著說。

寶兒用手肘頂了他的腰際一下。

「哎喲喲，疼死哥了！」韓斌抱著腰，誇張地在地上滾。

寶兒看了忍不住笑。

「啊！」韓斌突然定格，怔怔地看著寶兒。

「什麼？」寶兒緊張起來。

「我第一次看到你笑……很好看。」

寶兒的臉立刻漲紅，她低下頭玩弄地上的籃球，不敢接觸他的眼神。

嘀！哢嚓！

「啊？」

寶兒抬起頭，竟然看見韓斌不知在什麼時候拿出手機玩自拍，還把寶兒也攝入鏡頭內。

他咧牙對寶兒比了一個勝利手勢。

「滾！」她一腳往韓斌的臀部踢下去。

韓斌順著她的力道，滾了一圈站了起來。

「又說來打球，還坐著幹嘛？」韓斌邊運球邊喊。

寶兒提起精神，站起來追逐他，要攔截他上籃。

「我喜歡！」韓斌喊道。

「什麼？」寶兒一頭霧水。

「你的踧！」

寶兒再一次用力地用手肘頂撞他。

「哇！哇！犯規！犯規！」韓斌喊疼。

寶兒乘機奪走他手上的籃球，轉身來個漂亮的扣籃。

然後，她斜著一邊的嘴角笑，向他比了一個勝利的手勢。

寶兒的心情好了很多，她相信，流言總會有平息的一天。

想一想

出現在Facebook上的「爆料者」會是誰呢？為什麼他／她清楚了解寶兒的生活細節？

42

事情並沒有寶兒所想的那樣發生，幾天後，好像越來越嚴重了。

「藍寶兒，訓導主任叫你去見他。」剛從辦公室回來的班長對寶兒說。

「嗯。」寶兒應聲，走出教室。

「訓導主任？最近我可沒做什麼標新立異的事。難道我的髮型又犯校規了？」她掃一掃額前的劉海。

到了訓導主任的辦公室，寶兒敲門。

「進來。」傳來訓導主任的聲音。

一推開門，寶兒發現草莓也在裡面，還有一名女老師。

寶兒認得那名女老師，她是學校的輔導老師。

她覺得很驚訝，因為草莓坐在沙發上低頭抽泣，而輔導老師則在旁邊安撫她。

更令寶兒詫異的是，爸爸也在。

寶兒的爸爸穿著一身工作服，很明顯是校方臨時要求他過來的。

他的臉通紅，僵直地坐在訓導主任面前，好像受了什麼刺激。

「發生什麼事？別告訴我這一切都與我有關。」寶兒心裡有一股不祥的預感。

「藍寶兒，你坐下。」訓導主任指著桌前的椅子。

草莓一聽見寶兒的名字，猛地抬頭，然後全身顫抖，歇斯底里地大哭，往輔導老師的懷裡撲去，好像見到鬼那樣。

「啊！」寶兒吃了一驚。

「我先帶她離開。」輔導老師急忙扶著草莓站起來。

草莓走出門外的時候，寶兒接觸到她的眼神。

草莓的眼睛哭得又紅又腫，雖然充滿淚水，但眼神閃爍。

不久後，輔導老師再次進來，關上門。

「藍寶兒，你認識曹梅嗎？」訓導主任比任何時候都還要嚴肅。

「認識。」

「你們在校外單獨見過面？」

「是。」

「在哪裡？」

「附近住宅區裡籃球場附近的大樹下。」

「嗯。」訓導主任的臉色更難看了。

「我可以知道到底發生什麼事嗎？」

「曹梅告訴輔導老師，你們在校外見面時，你沒經過她的同意下，觸摸她的身體。有沒有這一回事？」

寶兒不敢相信她所聽見的，她睜大眼睛看著輔導老師。

輔導老師向她點頭。

「我沒有。」

「藍寶兒，最近校園裡有很多關於你的傳言，校方不會干涉學生的性取向。但是，如果學生的行為上有所不當，校方是不會視而不見的。」

「寶兒，雖然你們兩人都是女生，但是還是要互相尊重，不能在對方不同意的情況下，觸摸對方的身體。」輔導老師說道。

「你明明是女生，卻裝扮成男生的模樣。之前你已經屢次觸犯校規，沒料到竟然越來越過分，現在還……」

「我說，我沒有。」

「你不要再否認，曹梅說的地點，就是剛才你親口說和她會面的地方！」

「如果沒這樣的事，曹梅怎麼會一見到你就害怕得無法控制情緒？如果事情不是真的，為什麼她要說謊來誣衊你？」輔導老師問。

「你不會去問她嗎？」寶兒猛地站了起來，聲量不自覺地提高，她也心急想知道答案。

啪！

一記耳光狠狠地落在寶兒的臉上！

寶兒呆住了，耳朵嗡嗡作響，她緩緩地轉頭看著爸爸還懸在半空的手掌。

「你還狡辯？」爸爸斥責。

寶兒不敢相信爸爸竟然不相信她，而且還在老師們的面前賞她巴掌。

「你打我？」寶兒極度錯愕「你寧願相信別人，也不相信自己的女兒？」

她覺得受盡了恥辱，轉身就奪門而出。

爸爸沒想到他一氣之下，下手竟然那麼重。

訓導主任看著輔導老師。

「藍先生，請冷靜，打罵不能解決問題。我們會安排為寶兒進行輔導，一定有辦法解決的。」輔導老師勸說。

「好吧，既然各有說詞，事情還沒找出真相之前，我們不會對藍寶兒做出任何懲罰，但我們要求家長在家加以監督。」訓導主任作了結論「藍先生，有什麼進展，我們會再通知你。」

「好……好吧。謝謝老師。」

壞事傳千里。

而且，速度快得讓人咋舌。

寶兒一回到教室，同學們已經在交頭接耳，竊竊私語。

連女同學看她的眼神都顯得有異。

寶兒回到座位上收拾書包，神情沒以往那樣吊兒郎當，多了一層的困惑與強烈的委屈，她一刻都不想繼續留在學校。

「啊，陰陽魔法師那麼快就出手了！他們竟然使出誣衊這一招，而且還把事情鬧得那麼大。這樣會不會太過火了？」

子俠看著寶兒臉頰上的紅印。

雖然他生氣寶兒，但沒想過要扭曲事實，用這麼狠的方式來懲罰她。

記得當初他因為寶兒被開性別的玩笑而挺身幫她辯駁，也因此而成為好朋友，而現在他卻……

太諷刺了！

在他的心裡，絲絲的不安與內疚油然而生。

想一想

寶兒的爸爸為什麼輕易地相信寶兒在未經過曹梅的同意下觸碰她的身體？

43

「為什麼草莓要這麼做？為什麼爸爸不相信我？」

寶兒重複想了千千萬萬遍，始終找不到答案。

「為什麼？」

寶兒並沒有立刻回家，而在學校附近溜達。

放學後，她想要找草莓問個清楚，但卻發現自己原來不知道她念哪一班。

好不容易問到一個與草莓同班的同學，她說草莓在上課途中已經被家長接回家了。

寶兒回家後，把客廳、廚房和房間都打掃得一塵不染，甚至把所有的床單都拿出來清洗。

她覺得很鬱悶和煩躁，思緒亂如麻，她想要借著忙碌來讓自己不再去想今天發生的事。

「今天大姐大掃除嗎？」三弟咬了一口麵包，問大弟和二弟。

兩個哥哥聳聳肩，表示不知道。

看著一反常態的大姐，他們不敢頑皮，乖乖地做功課。

寶兒依舊不發一言，做家務和準備晚餐，直到爸爸回來。

爸爸停放好摩托車，在屋外點燃香菸，坐在凳子上，對著夜空一口一口地抽。

爸爸很少抽菸，當他抽菸的時候，表示有很棘手的事。

「你打我？你寧願相信別人，也不相信自己的女兒？」

寶兒的話一直在他的腦海裡盤旋。

「我不應該打她。或許，她真的沒有做過。我應該相信她，她從來都沒做什麼壞事，而且還把家和弟弟們照顧得那麼好……為什麼我不相信她？為什麼我要打她？怎麼辦？我真的不知道如何和她溝通……啊……老婆，如果你還在的話，你一定會處理得很好……如果你有在，這一切事情就不會發生了……」

爸爸抱著他的頭，把頭埋在雙膝間。

他把菸蒂丟在地上，深深地歎了一口氣，走進屋裡。

「爸爸回來了！」三弟叫了一聲。

寶兒在廚房清洗廚具，留給爸爸的晚餐擺放在餐桌上。

弟弟們很容易餓，通常他們都等不及爸爸回來就先吃，剩下寶兒陪爸爸吃。

但是，爸爸坐下來準備用晚餐時，寶兒卻進房間裡，一眼也沒看他。

「剛才大姐……和你們一起吃晚餐了？」爸爸問大弟。

「沒有，大姐今天很奇怪，沒說過一句話。」大弟說。

「大姐今天不開心。」二弟說道。

「你又知道？」大弟質疑。

「雖然她裝作很忙，但是她一直在皺眉，我還看到她的眼眶紅紅的……」二弟說。

「大姐的眼睛不舒服？」大弟好像發現新大陸。

二弟白了他一眼。

「不對嗎？要不然……」

大弟繼續與二弟爭辯，爸爸沒再留意他們的對話內容。

「一起吃晚餐吧！」

那麼簡單的一句話，他竟然無法說出口。

「我好失敗，我是世界上最失敗的爸爸……」

爸爸一口一口地吃著白飯，心裡很酸、很酸。

想一想

為什麼寶兒拒絕和爸爸一起吃晚餐？

寶兒觸摸草莓身體的事，像野火燎原般，一下子在校園內外傳開了。

「以前就看她不順眼了，籃球打得比男生好又如何？學業成績好又如何？行為不檢點就是大錯！」

「以前我還很崇拜她、很喜歡她呢！可是，現在竟然發生這種事……」

「我一早說過了，她是『蕾絲邊』，你們又不信！」

「現在有受害者出來指證她，大家都知道她的惡行了！」

「女生要小心哦，萬一她看上你，你就落入她的『魔爪』了喲！嘿嘿！」

「你看她，不男不女的，行為又不檢點，我是男生都覺得噁心！」

「對啊！男不男，女不女，像什麼？簡直就是妖怪！」

「真為你們女生擔心呢！」

大家在社交網站裡討論，在校園裡討論，一些唯恐天下不亂的人，尤其是男生，添油加醋，把事情講得很不堪。

眾人的議論一面倒，而且「毒舌」的功力發揮得淋漓盡致，大家都深信寶兒有做過，同情票都投給了草莓。

在學校裡，大家一看到寶兒就指指點點。

男生小聲說大聲笑；女生則有意避開寶兒，凡是寶兒出現的地方，她們都會藉故離開。

寶兒看在眼裡，聽在耳裡，不說什麼，但她的心裡很難過，她從來沒試過那麼難受。

「妖怪來了！」

「不，是狼來了！『女色狼』來了，我好害怕喲！快保護我！」

「別怕！別怕！哥哥來保護妹妹喲，乖乖！」

「哈哈哈哈！哈哈哈哈！」

幾個男生看見寶兒經過時，故意大聲地揶揄她，哄鬧成一團，吸引其他學生的注意力。大家看著寶兒，掩著嘴偷笑。

一陣又一陣的爆笑聲讓寶兒覺得很刺耳，但若反駁的話，她知道下場會更慘。

這一個星期，她一直在默默承受著這無名的壓力，她不知道什麼時候會崩潰。

「你們鬧夠了沒？」

突然，一把熟悉的聲音傳入寶兒的耳裡。

韓斌！

「嗚——嗚——有人英雄救美喲！」

「你救了她，她也不會喜歡你的，她喜歡的是女生啊，大英雄！」

「哈哈哈哈！哈哈哈哈！」嬉鬧的男生還不甘休。

「誰告訴你們她喜歡女生？你們認識她多久？知道多少？我鄭重告訴你們，她和一般的女生一樣，喜歡的是男生！」韓斌說道。

「才不信！你很了解她嗎？你對她的認識又有多深？有什麼證明她喜歡的是男生，而不是女生？」其中一名男生挑釁。

「我當然了解她，因為她是……」

「她是什麼？」

「她是我的……女朋友！」韓斌昂頭大聲說道。

韓斌說完，走到寶兒身旁，牽起她的手。

「女朋友？隊長的女朋友？真的嗎？」

「他牽她的手，她沒有拒絕呢！肯定是真的！」

「藍寶兒有男朋友的話，那麼她就不是『蕾絲邊』了！」

「對啊！難道之前的傳聞都是假的？」

「有可能哦，她好像由始至終都沒說過她喜歡女生，都是別人的嘴巴說的。」

「應該是被人惡意中傷吧。」

韓斌的宣言頓時成了新話題，同學們開始七嘴八舌地討論。

「我警告你們，別再讓我聽見惡意傷害藍寶兒的謠言，不然，我不會放過造謠者！」韓斌厲聲斥責。

寶兒怔住了，她完全沒想到韓斌為了幫他，把自己牽扯在內。

「笨蛋，你這樣做會惹來麻煩的！」

她在心裡暗罵，但心裡卻是感動的。

「你……」寶兒想勸他。

「這裡發生什麼事？為什麼不回教室上課？」訓導主任出現了。

寶兒嚇了一跳，立刻鬆開被韓斌牽著的手。

那一班嬉鬧的男生見沒戲了，無趣地拎著書包離開。

「老師，我正要找您。」韓斌說「想和您說有關寶兒與曹梅的事。」

「哦？」訓導主任有點兒意外。

寶兒看著韓斌，他今天到底還有多少驚喜？或驚嚇？

訓導主任帶著兩人回到他的辦公室，也應韓斌的要求，把輔導老師請來。

「你可以說了。」訓導主任對韓斌說。

「你們先看看這一張照片。」韓斌拿出手機。

寶兒看了後，臉頰紅了起來，因為那是那一天韓斌自拍的照片，她也在照片裡。

「你們看看照片的日期和時間。」韓斌繼續說。

「啊，那是曹梅說藍寶兒觸摸她身體的那一天，時間也大約是那個時候！」輔導老師有發現。

「沒錯。我之前私底下向老師您問了曹梅說的時間，也就是所謂的『案發時間』。

我聽了之後，立刻發現她在說謊，因為在當天，我載了寶兒去三公里外的體育館打籃球。曹梅說的時間與照片顯示的時間只差了10分鐘，我們根本來不及在那麼短的時間內到達體育館。」韓斌分析解說。

「曹梅有可能記錯時間嗎？」訓導主任問道。

「我問了曹梅好幾次，她斬釘截鐵地說是14號下午4點50分左右，因為她記得之後還去了補習班。補習班在5點開始，她到達時，老師還沒開始上課，而照片的時間是5點……」輔導老師看著訓導主任。

「這樣啊……」

「老師，我只想要你們還藍寶兒一個清白，至於為何曹梅會說謊，那就請你們繼續調查了。」韓斌說。

「好的，你把照片發給我，其他的事我們會處理。謝謝你。」訓導主任說。

「我……謝謝你。」除了道謝，寶兒不知道還能說什麼來表達她深深的感激。

寶兒和韓斌走出辦公室。

「嗯？只是謝謝嗎？」韓斌好像不滿意。

「啊……」

「上一次你還欠我一場電影，今天加一份大餐！」韓斌微笑。

「啊？」

「又『啊』？你不是那麼吝嗇吧？」

「不是。為什麼你要幫我？剛才……」寶兒指訓導老師的辦公室，「還有剛才的剛才……」

一想到「女朋友宣言」，寶兒就覺得難為情。

「剛才的剛才……我幫你了嗎？沒有吧？我是在幫我的女朋友哦……」韓斌表情調皮，說完就轉身走了。

「啊？」

寶兒還呆在原地，苦苦思索著韓斌的話。

「不是幫我？幫女朋友？什麼意思啊？」

想一想

如果嬉鬧的男生們揶揄寶兒，寶兒為自己反駁的話，她會有什麼下場？

45

子俠忍不住了，他想要問漢德，為何下手那麼重。

「這樣已經過火了，我要叫他們停手，再鬧下去，豹哥會被退學的！」

當他一到叢林，他們都在。

他們看起來很興奮。

「陰陽怪俠，你來得正好，我們正在策劃一項重大的行動，你一定要參與！」一向冷靜的漢德也難得激動。

「重大的行動？」

「沒錯！這可是陰陽魔法師本年度的重頭戲！」蜘蛛說。

「OK，在這裡的每一個人，都極度憎恨無止境的考試、功課，還有永遠追不上的成績。子俠，你肯定有最深刻的體會！」

「是……」

「我們在想，這一切的源頭都是出自於學校。如果……嘿嘿！」蝙蝠在賣關子。

「如果沒有了學校，那就不必上學，也就沒有考試、功課和成績的比較！呵呵……」

「沒有學校？」子俠一頭霧水。

「OK，我們的意思是……」

「放火燒學校！」黑貓冷冷地接腔。

「什麼？放火……燒學校？」子俠被他們瘋狂的想法嚇呆了。

「對！很酷吧？」蝙蝠用腳倒掛在樹枝上，雙手抱胸。

「這世界上那麼多學校，怎麼燒得完？」子俠覺得太荒唐。

「這方面你別擔心，我們的目的並不是燒完所有的學校，這只是一個象徵，讓大人們知道我們的控訴，聽一聽我們的聲音。只要他們不再逼我們追求A，停止給我們沒完沒了的功課，那我們自然會停手。」

「你猜一猜，我們所選的第一所學校是哪一所？」蜘蛛向子俠眨眼。

「啊？我猜？不會是優秀中學吧？」子俠希望他猜錯。

「BINGO！」

「你們要把我的學校燒掉？」子俠想都沒想過。

「很興奮吧？很期待吧？哈哈！這可是我們精心為你而策劃的呢！」

「不！」子俠大喊。

眾人冷不防子俠會冒出這一句話，大家不解地看著他。

「什麼？」漢德問。

「我……我是討厭功課，憎恨考試，厭倦大人不停地逼我考A。但是，我並沒有排斥上學，還不至於討厭到要把學校給燒掉……」

「是這樣嗎？」漢德的語氣冷冷的。

「還有……我覺得你們對豹哥做得太過火了……雖然我氣她告密，但我不想看她承受那麼大的傷害……現在，你們還要縱火燒學校……我真的無法接受……」子俠戰戰兢兢。

「所以？」漢德的語氣更冷了。

四周的溫度降至冰點，大家的臉色冷若冰霜，剛才的熱情熟絡不見了，現在彷彿成了陌生人。

「我想……退出陰陽魔法師。」子俠怯怯地說。

「不能。」

「為什麼？你們放心，我不會告訴任何人所有關於這個組織的事，你們之前所有的魔法Show，包括對豹哥做的事，我一個字都不會說出去。我發誓！」

眾人互望一眼，突然哄堂大笑。

「哈哈哈哈哈哈……」

他們好像聽到了天底下最好笑的笑話，笑到無法停止，連冷酷的黑貓也在偷笑。

好不容易等到他們停止大笑。

「我說錯了什麼嗎？」

「你聽好，我們沒進行過任何魔法Show。反之，那些魔法Show，全是你獨自做

「啊？你在開玩笑吧？怎麼可能全是我做的，明明是你們才對，除了處罰高才聖的那一次，還有半夜打電話騷擾黑貓的補習老師……」子俠不相信。

「你把手機帶來了嗎？拿出來。」漢德有點兒不耐煩。

「手機？」子俠從背包裡拿出手機。

「你看一看這個月13日所發出去的簡訊。」

「那一天我好像沒發簡訊……」

子俠不明白漢德的目的，但他還是照做。

「啊！怎麼會這樣？」子俠驚詫萬分。

「念出來聽聽。」

「草莓……若你想和豹哥在一起……你必須照著我的話去做……誣衊她摸你的身體……當事情傳出去時，沒人敢接近她……你再告訴她……你這麼做，全是因為你想和她在一起……她一定會感動……接受你……你必須相信我，因為我是她最好的朋友……」子俠用顫抖的聲音念出整個訊息，「不可能，怎麼會這樣？」

「不信的話，你撥打訊息收件人的號碼看看。」蜘蛛建議。

子俠真的撥電話了。

嘟嘟——嘟嘟——

但是，電話還沒接通，他就掛斷了。

「我怕……」

子俠還沒說完，他的手機突然響了。

「啊！」

「快接聽！」漢德說。

「喂喂！是子俠嗎？我是草莓。剛才你打電話給我嗎？我已經照著你的話去做了，接下來應該怎麼做？你快告訴我啊！喂喂……」

子俠一句話也不敢說，慌亂地掛斷電話。

「怎麼樣？相信了吧？呵呵……」

「怎麼會這樣？明明是你們做的……」子俠的思緒很亂。

「聽好了，如果你堅持要退出陰陽魔法師，我們就會把所有你做過的事一一公開，讓大家知道你做了什麼好事！你的父母應該會受不了刺激吧？如果你乖乖聽話，那麼就會安然無恙。好好地想一想吧！下一次見面時，希望你能給我一個滿意的答案。」

漢德說完就率先離開，其他人也陸續離去。

「怎麼會這樣？怎麼會這樣？」

子俠坐在草地上，不斷地拍打他的頭，他覺得腦袋被一連串匪夷所思的事轟炸得快爆開了。

「不，我要去查清楚！我一定要去查清楚這一切！」

想一想

子俠證實了是他自己用手機發訊息給曹梅，教唆她誣衊寶兒性騷擾。但是，為什麼子俠卻想不起自己曾那樣做過呢？

46

子俠徹夜未眠。

他想了一整夜，決定一早去菜市場查看。

遠遠地，他看見蛋攤的老闆正要開始擺攤。

他不敢靠近，只敢在附近的攤販徘徊。

「要怎麼查呢？不可能直接去問他吧？」

子俠完全沒頭緒該要怎麼做，他不斷苦苦地想。

「嘿，小弟弟，你來回走了很多次，你到底要買什麼啊？」一個賣糕點的阿姨問道。

「我……買早餐。」子俠看了阿姨一眼，假裝在看她的糕點。

「啊，我認得你！」糕點阿姨注視他一會兒後，突然大喊。

「啊？」子俠抬頭看著她。

「那一天，就是你弄倒了賣蛋老闆的雞蛋！我看得一清二楚，我記得，就是你！那天一大早只有你一個少年在這裡鬼鬼祟祟的，我記得很清楚。你這個壞孩子，什麼事不做，竟然來打爛人家的蛋，你可知道小販賺錢有多辛苦？」阿姨激動地指著子俠。

子俠驚慌失措，想都沒想立刻拔腿就跑。

「就是他！就是他！蛋老闆，我找到『凶手』了！」糕點阿姨的雙手亂揮，急得跳腳。

當大家回過神來時，子俠已經不見了。

「她說是我做的！真的是我做的！」子俠躲在小巷裡，心臟怦怦急跳，幸好小販們沒追上來。

他不敢再逗留，急忙繞了另一條路回家。

回到家後，子俠就把自己關在房間裡。

他坐在書桌前，呆滯地看著電腦螢幕。

教唆草莓、蓄意打爛小販的雞蛋、半夜撥打騷擾電話給補習老師、毆打高才聖……

洪子俠，你還做了什麼好事？

「戳輪胎！」

子俠想起了他參與的第一個魔法Show，他還記得那輛跑車的車牌號碼，因為那戶人家的車牌號碼都是一樣的，所以印象深刻。

「我不能回去那兒查，一定會被發現！怎麼辦？」

他把頭髮抓得亂糟糟。

「上網搜尋看看那輛跑車的資料……」他把車牌號碼輸入搜尋引擎。

「啊！」

豪華住宅區出現戳輪胎黨！小心你的名車！

子俠發現車主把當晚的監視器影片上傳到社交網站。

他的心跳加速，顫抖著手去點擊「播放」。

很明顯的，影片裡只有子俠一個人！

幸運的是，整個影片只拍到子俠的背影，他的正面並沒有出現在鏡頭裡，否則他一早就被線民人肉搜索了。

「為什麼只有我一個人？他們呢？菜市場小販說只看到我，閉路電視只拍到我……明明是一大班人一起行動，為什麼他們只看到我？他們呢？他們……消失了？」

子俠不斷重複播放影片。

最後，他整個人像癱瘓般靠在椅背上，雙手無力地垂下。

想一想

試想一想，為什麼所有的魔法Show裡都只有子俠一個人參與而已？

47

叩叩！

「藍寶兒，你進來。」輔導老師開門。

寶兒的心裡忐忑，不知道訓導主任和輔導老師找她來又要說什麼不好的事。

「關於曹梅說你觸摸她身體的事，我們已經查出真相了。在輔導老師的悉心輔導下，終於誘導她說出實情，其實是有人唆使她這麼做的。」訓導主任說道。

「啊？」

「我們會對她做出適當的紀律處分，也會繼續對她進行輔導。」

「嗯。」

「沒事了，你可以回去上課。」

「嗯。」

寶兒走出辦公室，心情輕鬆多了，不過還有一個問題在她的腦海裡纏繞著。

「有人唆使草莓？誰呢？為什麼他要這麼做？」

「嘿！」韓斌突然出現。

「你怎麼知道我在這裡？」

「跟我來。」他拉了寶兒就走。

「喂……」

韓斌找了一個比較僻靜的角落停下。

「你知道了？」寶兒問。

「嗯，我還比你多知道一件事。」韓斌今天的神色凝重，沒有平時的開朗。

「哦？」

「我的表妹是草莓的閨蜜。在我的套問下，她說了草莓告訴她誰是幕後黑手。」韓斌說。

「是誰？」

「嗯……」

「說啊。」寶兒緊張得很，不明白為何韓斌要賣關子。

「是……洪子俠。」

「子俠？怎麼可能？」寶兒難以置信。

「你聽一聽這一段錄音。」韓斌拿出手機，播放一段錄音。

那是草莓與他表妹的對話，內容就和韓斌所說的一樣，子俠教唆草莓誣衊寶兒。

「是你把錄音交給訓導主任的？」

「嗯。」

「子俠……為何他要這麼做？我真的無法接受……」面對好朋友的背叛，寶兒的

心揪成一團。

「會不會是他對你有什麼誤會了？」

「啊！他不會以為是我向老師告密而要報復吧？」寶兒突然想起。

「報復？寶兒，子俠是不是出了什麼問題？他是你的好朋友，你應該會比較清楚。」

寶兒回想之前所發生的事，越發覺得子俠就像變成了另一個人似的，完全不像是剛開始認識的那個單純、膽小、善良的他。

她把認識子俠的經過及子俠告訴她的事，統統告訴韓斌。

「因為有超級視力，可以看見靈異物體，所以他覺得自己是超級英雄的一份子？」

「我覺得，這一切都是他編造出來的謊言……」

「為什麼他要說謊？」

「可能……他想要朋友，所以想辦法讓別人覺得他很特別，讓別人注意到他，這樣才會有人和他做朋友……可是，現在他好像完全沉迷在自己的謊言中，還變本加厲了，現在他的性格徹底改變……都是我不對，一開始就不應該任由他活在謊言中……」

「是這樣嗎？我覺得他並沒有在說謊。」

「沒說謊？」

「事情沒那麼簡單，我還不能確實地告訴你我的想法……」

「事情沒那麼簡單？我不能再讓他繼續這樣下去！我一定要幫他！」寶兒激動地抓著韓斌的手臂。

「不！」

「啊？」

「不是『我』，是『我們』。我們一起幫助他，你的朋友就是我的朋友！你能帶我去見一見子俠的父母嗎？」

寶兒用力地點頭，她笑了。這幾個星期以來，她第一次綻開笑靨。

想一想

為什麼韓斌認為子俠並不是在編造謊言？

48

子俠漫無目的地走啊、走啊，又來到了這裡。

這裡是他遇見黑衣女孩的廢棄店鋪，也是他第一次發現他可以看見靈異物體的地方。

但是，今晚他不是來找它。

子俠站在其中一棟五層樓店鋪的天臺上，任由冷颼颼的夜風刮在他的臉上。

他的手上握著一塊手帕，那是他的手帕，但已經遺失了一段時間，直到今天才再度出現，而且還是從另一個人的手那裡得來……

「洪子俠，告訴你一個天大的祕密：向Mr. Chong告密的人是我，不是藍寶兒。那一天，在閱讀亭裡，你們談話時，我在書架的另一邊……」高才聖湊近子俠的耳邊細語。

「是你？」子俠震驚。

「對啊，是我。」

「為什麼你要這麼做？」

「為什麼我要這麼做？你還有臉問我？你對我做過什麼，你忘了嗎？」

「哼！」高才聖發出一聲冷笑，把一塊手帕往子俠的臉上扔。

現在，子俠手上握著的就是那一塊手帕。

「原來，我誤會豹哥了，我竟然陷害好朋友，我害慘了她……她一定很傷心……還說是什麼超級英雄，都是自己騙自己……原來全是我在自導自演，漢德說得沒錯，所有的壞事都是我做的……為什麼我會變成這樣……我沒用……我對不起豹哥、爸爸、媽媽、哥哥、姐姐、老師、朋友……我已經無藥可救了，我是廢物！我該怎麼辦？怎麼辦？」

他淚流滿臉，不斷地自責，內心十分愧疚。

「豹哥，對不起……對不起……對不起……對不起……千千萬萬個對不起，都無法彌補對你所作出的傷害……如果這世界上沒有我，你就不會那麼傷心難過了……」

他發了一則訊息給寶兒，他沒勇氣親口向她道歉。

「我好累……好想離開這裡……」

窸窸窣窣！

突然，子俠聽見背後有聲音，他轉頭一看……

「漢德？」

漢德沒回答，徑直經過他的身旁，一腳蹬上圍牆。

「啊！」

「我……」

漢德的雙腳站在圍牆上，舉起雙手，仰望天空，閉著眼睛享受冷風的吹拂。

「這是一個煩人的世界吧？」漢德問。

「是……」

「我帶你去一個沒煩惱、無憂無慮的世界，好嗎？」

「啊？」

「在那裡，沒有考試、沒有成績、沒有壓力、沒有責罵、沒有諷刺、沒有嘲笑……」

「沒有考試、沒有成績、沒有壓力、沒有責罵、沒有諷刺、沒有嘲笑……」子俠重複。

「嗯。想去嗎？」

「想。」

漢德伸出左手「上來。」

子俠拉著漢德的手，站上圍牆，兩個人手牽著手。

「沒煩惱、無憂無慮的世界……」子俠微笑。

「對。只要展開雙手，像小鳥一樣，飛起來……飛啊……飛啊……飛到一個沒煩惱的世界……」漢德說。

「子俠！」

突然，有人大喊子俠的名字。

他轉身一看，原來是爸爸、媽媽、豹哥和韓斌，他們都來了。

「大家都來了，大家都來給我送行了。」

「小俠，快下來，那裡很危險！」爸爸嚇得飆了一身冷汗。

「爸爸，我要走了，你要回家住哦，好好照顧媽媽。」子俠說。

「聽媽媽的話，快下來！」媽媽的雙腳發軟。

「對不起，我很想做一個聽話的孩子，考取好成績，讓你們感到開心、驕傲……我很努力……我真的很努力想要辦到……但是，我做不到……無論我多麼努力……我都做不到……我很沒用……成績爛……連友情也被我搞砸……我真的是一個廢物……」

「你要到哪裡去啊，孩子……」媽媽忍不住哭了。

「我要到一個沒有考試、沒有成績、沒有壓力、沒有責罵、沒有諷刺、沒有嘲笑的世界去……」

「媽媽錯了……媽媽不應該逼你像哥哥姐姐那樣考到優異的成績……媽媽不應該只注重成績，忽略了你也需要自己的生活……媽媽不斷地給你壓力，以為壓力能讓你考得更好……媽媽真的錯了……」

「小俠，爸爸也有不對，爸爸一直以來都忽略了你的感受……甚至逃避問題……你出了問題，爸爸也毫不知情……我不是一個好爸爸……你先下來好嗎？快下來啊！」

「爸爸、媽媽，你們別這樣，我要走了，不會再讓你們丟臉了，漢德會帶我到一個沒煩惱的世界……」子俠微笑說道。

「漢德？什麼漢德？」爸爸問。

「漢德說，只要我展開雙手，就會像小鳥一樣……飛啊……飛啊……飛到沒煩惱的新世界……漢德說……」

「沒有漢德這個人！」

「啊？」

「漢德是假的！」寶兒大喊。

「什麼？」子俠看著寶兒。

「聽清楚，漢德是假的，這世界上，根本沒有漢德這個人！這全是你的幻覺！」

寶兒和韓斌慢慢地走向前。

「豹哥，你說什麼幻覺？怎麼可能？你看，漢德明明就在我的……」

子俠轉向右邊往「漢德」的方向看過去……

「啊啊啊啊啊——」

他的右邊根本沒有人！

他的右手牽著的不是漢德的手，而是握著一塊手帕！

漢德呢？

他的右手一直牽著的漢德呢？

子俠覺得震驚，他萬萬沒想過右邊沒人，忽然一陣暈眩，身體瞬間失去重心就要往下掉……

「不要！」

「小俠！」

「啊啊啊啊——」

✦想一想✦

為什麼寶兒說漢德是假的？漢德究竟是誰？

49

在醫院裡。

子俠躺在病床上，臉色顯得蒼白，即使是昏迷，他的眉頭也微微地皺著。

媽媽在他的床邊緊握他的手，一臉擔憂。

寶兒、韓斌和子俠爸爸在病房外。

「寶兒，叔叔真的很感謝你，要不是你們及時通知小俠他的媽媽，小俠可能就……」子俠爸爸哽咽。

「叔叔，別這樣。其實我收到子俠的訊息時，發現事態嚴重，但卻不知道他在哪裡，是阿姨透過子俠手機的定位系統，我們才知道他的位置。」寶兒答道。

「是的，剛才她告訴我，早前收到補習老師的電話，說有一段日子在半夜裡經常接到來自同一組號碼的電話騷擾，懷疑是中心裡學生的惡作劇。後來在院長的協助下，查出那是小俠的手機號碼。」子俠爸爸說。

「啊！」

「從那時候起，阿姨便開始留意小俠，發現他好幾次在深夜裡溜出去。阿姨嘗試跟蹤他，但是半路就跟丟了。於是，她便在小俠的手機裡安裝了定位應用程式，但奇怪的是，總是查不到位置。」

「叔叔，子俠說他和漢德大多在叢林裡會面，可能是那裡的樹木茂密，手機訊號的接收力弱。」

「原來是這樣……」

「叔叔，剛才你和阿姨去見醫生，醫生怎麼說呢？」韓斌問。

「醫生聽了我們的描述，初步診斷小俠他患上了精神分裂症。他不斷地提起漢德、蝙蝠、蜘蛛、黑貓和九尾狐等人，我們問過了，都不是他身邊的朋友，醫生懷疑他們是子俠幻想出來的『朋友』。」

「啊，真的如我所推斷那樣！」韓斌說。

「都是我不好，他的病情已經那麼嚴重了，我才感覺到不對勁！」寶兒自責。

「不，是我們的錯，身為他的父母，我們竟然不知道他為了考試和成績，承受著那麼大的壓力……我們對他付出的關心少得可憐……當他嘗試向我傾訴時，我居然狠心地對他加以逼害，要他考出好成績……」爸爸難過得說不出話來。

「叔叔，子俠會沒事的……」

想一想

為什麼子俠會幻想出漢德、蝙蝠、蜘蛛、九尾狐、黑貓這些「朋友」呢？這些「朋友」的性格和想法會不會是子俠內心的一種投射？

50

兩個月後。

寶兒一起床就去梳洗，她看著鏡子裡的自己，發覺頭髮長了，最近忙得沒時間去理髮。

「留長頭髮，好像也不錯。」她把頭部微微轉一轉，看看自己的側面「哎呀，遲了，我還要去看子俠！」

當寶兒走出客廳時，發現沙發上有一個購物袋。

「咦？」

「大姐，這是爸爸給妳的。」二弟壓下寶兒的肩膀，小聲地在她的耳邊說話。

「哦？」寶兒向爸爸看過去，他在飯廳裡看報紙和喝咖啡。

「快看看是什麼？」弟弟們很好奇。

寶兒把袋子裡的東西拿出來，那是一件工人裝牛仔短裙。

「哇！裙子！」弟弟們誇張地大叫。

寶兒把裙子放在身上比了一比，剛好是她的尺寸。

爸爸吃完了早餐，準備出門。

當他要打開大門時，回頭說了一句話。

「生日快樂。」

「哦。」寶兒當下不知道如何回應，大門已經關上。

「大姐生日？怎麼沒有蛋糕？我要吃蛋糕！」弟弟們開始在鬧。

「謝謝爸爸。」寶兒緊緊抱著這特別的生日禮物。

她趕緊回房間換上爸爸送的牛仔裙，還有可愛粉紅少女系內衣，準備去子俠家。

沒一會兒，她已經出現在子俠家門外，韓斌也剛好抵達。

「欸？今天有人不太一樣哦！」他上下打量寶兒，「好漂亮。」

寶兒被他說得臉紅了起來，低著頭走進院子裡。

「阿姨，子俠呢？」寶兒問。

「他在房間裡，你們上去吧。」子俠媽媽開門。

自從醫生確認了子俠患上精神分裂症，她就辭去了大學教授一職，在家照顧及教導子俠。

「謝謝你們每一個星期日都來陪子俠啊。」爸爸從廚房探出頭來，他在準備早餐。

「別客氣，我們先上去了。」

叩叩！

寶兒和韓斌開門進房裡。

子俠依然倚在窗邊，專注地看著天空。

「今天的天空有什麼？」寶兒問。
子俠望著天空，沒看她，沒回答。
寶兒已經習慣他的沒反應，坐在他的身旁，和平時一樣，陪他一起看天空。
今天的天氣很好，天空是蔚藍的，很乾淨，沒有強烈的陽光。
風徐徐地在兩張青春的臉蛋上輕輕地拂過。
「那邊。」
子俠微笑地指著遠方。
「那邊？」
「有鳥。」
寶兒看了看天空，片刻，再轉頭看著他。
子俠的瞳孔裡，有一隻自由自在地飛翔的鳥兒。

想一想

為什麼子俠看見了一隻自由自在地飛翔的鳥兒？這隻鳥兒代表了什麼？

後記

親愛的同學：

你們會感覺到讀書和考試有一種無形的壓力吧？

其實，適度的壓力有助於成長和進步，但超額的壓力則會帶來反效果。

面對學習壓力，你可能會有以下的症狀：

心理方面	生理方面
●緊張、憂慮、煩躁 ●無法集中精神 ●胡思亂想 ●易怒、脾氣差、消極	●頭疼、失眠、作惡夢 ●疲倦、脖子或背部痠痛 ●心跳或呼吸加速 ●胃痛、腹瀉、沒胃口或暴飲暴食 ●手部或身體其他部位顫抖 ●口乾舌燥、皮膚變差

首先，同學必須先了解壓力的來源。通常，學習壓力的源頭不外乎是來自於對自己的期望、家長老師對自己的期望，以及同學之間的比較。那麼，面對壓力時，要如何才能減壓呢？

正確的減壓方式

◆**多與朋友或家人聊天**：朋友之間的互相傾訴心事、互相鼓勵，以及家人的關心，對同學來說都是很大的支持力量。

◆**運動**：每一個星期裡安排一天做運動，除了減壓還能強身健體。

◆**進行一些自己喜歡的活動**，例如：種花、烹飪、看電影、聽歌等等。

◆**考試前準備充分**：復習、做時間表、定下適當的考試目標、分析考題與策略，甚至準備好應試的文具物品，這一些都能減輕考前焦慮。

◆**合理的目標**：設定目標時，要評估自己的能力，不要高估或低估自己。

◆**成績的標準**：分數只是學習成果的評量，並不是一切，只要盡了力便問心無愧。

◆**定時作息**：維持有規律的作息時間，才能使身體保持在最佳狀態。

◆**均衡的飲食**：要飲食均衡，多攝取有營養的食物。

尋求協助

◆**輔導**：當你無法應付學習壓力時，不要害怕，你可以告訴學校裡比較親近的老師或輔導老師，他們會幫助你。

◆**治療**：長期面對壓力而無法承受，後果會十分嚴重，例如會出現幻聽、幻覺、妄想等症狀。若這些症狀持續不退，你的精神會受到嚴重的困擾，影響日常生活。這時候，你必須告訴父母，並接受醫生的診斷與治療。

最重要的是，同學們必須學習建立正確的心態與價值觀。遇到壓力時，勇敢地解決問題，不要逃避，別讓壓力控制你。

親愛的爸爸媽媽：

孩子有學習壓力時，別認為那只是小事，也別讓孩子獨自面對。我們應該與他們並肩作戰，打倒壓力。

降壓第①招：為孩子加油打氣

降壓第②招：營造良好的學習環境

降壓第③招：給予讚美和肯定

降壓第④招：幫助孩子溫習，增強記憶

降壓第⑤招：提供孩子正確的應試方法

降壓第⑥招：要有放鬆心情的時間

有時候，孩子的成績不好不是因為溫習得不充足，而是在學習的過程中，不斷地受到壓力。過多的壓力，容易造成臨場的失誤。有人說，琴弦不鬆不緊的時候，才能彈奏出美妙的生命之歌。只有不施加過大的壓力，孩子才能發揮潛力，考出好成績。

國家圖書館出版品預行編目 (CIP) 資料

陰陽怪俠／李慧星著 . -- 初版 . -- 臺北市：
臺灣東販股份有限公司 , 2023.11
270 面；14.7×21 公分
ISBN 978-626-379-050-6（平裝）

859.6 112015766

陰陽怪俠

2023 年 11 月 1 日初版第一刷發行

著　　者　李慧星
主　　編　陳其衍
美術設計　黃瀞瑢
封面插畫　陳郁涵
發 行 人　若森稔雄
發 行 所　台灣東販股份有限公司
＜地址＞台北市南京東路 4 段 130 號 2F-1
＜電話＞ (02)2577-8878
＜傳真＞ (02)2577-8896
＜網址＞ http://www.tohan.com.tw
郵撥帳號　1405049-4
法律顧問　蕭雄淋律師
總 經 銷　聯合發行股份有限公司
＜電話＞ (02)2917-8022